조르바와 춤을

조르바와 춤을

지은이 홍윤오
펴낸이 임상진
펴낸곳 (주)넥서스

초판1쇄 인쇄 2022년 1월 25일
초판1쇄 발행 2022년 2월 3일

출판신고 1992년 4월 3일 제311-2002-2호
10880 경기도 파주시 지목로 5
Tel (02)330-5500 Fax (02)330-5555

ISBN 979-11-6683-212-3   03810

www.nexusbook.com

조르바와 춤을

홍윤오 지음

진정한 자유인과 함께한 그리스 여행기

넥서스BOOKS

차례

Hong.y.o

평생 동안 내가 간진했던 가장 큰 욕망 가운데 하나는 여행이었다.

_니코스 카잔차키스, 『영혼의 자서전』 중에서

아호를 바꿨다. 만식(萬植)*에서 백림(白臨)으로. 만식이라는 아호를 쓴 지 10년, 도무지 인생이 풀리지 않았다. 그래서 공부가

---

*『50년 여행, 50일 인생』의 중남미 여행 전 지니고 있던 '만식'이라는 아호는 김성한의 소설 『방황』(1957)에 나오는 주인공의 이름이기도 했다. 소설 속의 홍만식은 세상 사람들에게는 '하릴없는 건달'로 비쳤지만, 그에게는 엄연히 두 가지 직업이 있었다. 그 하나는 정거장에서 석탄을 상습적으로 훔쳐내는 일로, 그의 명명에 의하면 '석탄반출작업' 혹은 '석탄수평이동작업'이었다. 또 하나는 공상이었다. 이것도 그가 붙인 독특한 명칭이 있으니, 그것은 '사고구축작업'이라 했다. 그는 항상 '반출'에 용감하고 '구축'에 심각했다. 현암 선생은 세상과의 불화로 잠시 방황하던 나에게서 홍만식을 읽어낸 것일까.

깊다는 역학자를 찾았다. 애써 찾아본 것은 아니고, 만식이라는 호를 지어준 현암(玄菴) 선생이 추천해 주었다.

그는 원래부터 역학자는 아니었다. 일반적인 직장인의 삶을 살다가 나이 오십이 넘어 사주명리학과 주역 등에 깊이 빠진 케이스였다. '술은 신선처럼 마셔야 한다'는 내용을 담고 있는 『주도(酒道)』라는 책의 저자이기도 하다. 술은 신선처럼 마셔야 한다니…… 청록파 시인 조지훈이 말한 주도유단(酒道有段)의 제14단 주선(酒仙)이지 않은가!

그는 한 달여 궁리 끝에 나에게 '백림'이란 아호를 주었다. 백림은 흰 '백(白)'에 임할 '림(臨)'을 쓴다. 글자 그대로 '희고 순수한 마음으로 (사람들에게) 임한다'는 뜻이라고 했다. 마음에 쏙 드는 아호였다. 어쩌면 만식과는 상반되는 의미이다. 일만 '만(萬)'에 심을 '식(植)'. 일만 곳에 심으라니? 심사가 어지럽고 번뇌가 끊이지 않을 수밖에 없다. 그에 비해 '백림'은 다 내려놓고 세상에 임하라는 의미이니 얼마나 담백한가.

그렇게 새로운 아호를 받아들고 집으로 가 아내에게 얘기했더니, 아내가 말하길 "백수로 세상에 임한다는 뜻 아니야?"란다. 나의 당시 상황이 '도로 백수'였기에 아내로서는 가슴이 철렁할 수도 있겠다 싶었다. 그러나 이미 산전수전, 공중전까지 다 겪은 백림 아닌가. 아내의 멘트가 오히려 기발하고 재치 있는 농담으로 들렸다. 아내 역시 농반진반으로 한 반문이었다.

조르바와 춤을

"맞아, 맞아! 딱 맞아떨어지는 이름이네."

그렇게 호를 바꾼 나는 백림으로서 첫 행보로 그리스 여행을 택했다. 목적은 두 가지였다. '조르바'를 만나는 것과 '신탁'을 받는 것. 조르바는 니코스 카잔차키스*가 쓴 불후의 명작 『그리스인 조르바』의 주인공이다. 신탁은 그리스 신화에 나오는 신들이 델포이의 아폴론 신전에서 하늘로부터 받던 계시, 바로 그 신탁이다.

그즈음 내 머릿속에는 가장 원초적인 물음이 맴돌곤 했다. 바로 "왜 사는가?"였다. 더 구체적으로는 "무엇을 위해 사는가?",

---

*니코스 카잔차키스는 현대 그리스 문학을 대표하는 작가로, 대서사시 「오디세이아」와 「미할리스 대장」, 「최후의 유혹」, 「성자 프란체스코」 등의 장편소설과 세계 각지를 여행하며 기록한 여러 기행문을 남겼다.
김원익 한국그리스학연구소 부소장은 카잔차키스의 그리스 본토 펠로폰네소스반도 여행기인 「모레아 기행」을 두고 '고통스러운 희망 찾기의 순례'라며 "그가 「모레아 기행」에서 제시하는 당대 그리스인의 문제점이나 해결책은 단순히 당대 그리스인에게만 국한되지 않고 우리 모두에게 깊은 공감을 불러일으킨다"라고 설명했다.
또 영국 작가 콜린 윌슨은 "카잔차키스가 그리스인이라는 것은 비극이다. 이름이 카잔초프스키이고 러시아어로 작품을 썼다면 그는 톨스토이, 도스토옙스키와 어깨를 나란히 할 수 있었을 것이다"라고 말했다. 알베르 카뮈는 "카잔차키스야말로 나보다 백번은 더 노벨 문학상을 받았어야 했다"라고 말했다.
카잔차키스는 터키의 지배하에서 어린 시절을 보냈고, 기독교인 박해 사건과 독립전쟁을 겪었다. 이런 경험과 함께 동서양 사이에 끼인 그리스의 역사적 특수성을 체험했다. 그의 내면에 자유를 향한 투쟁이 자리 잡은 것도 이와 무관하지 않다. 25세 때인 1908년에 파리로 건너간 그는 베르그송과 니체를 접하고 인간의 한계를 극복하려는 '투쟁적 인간상'을 부르짖게 된다.
그의 작품과 삶에 영향을 준 또 하나의 요소는 여행이었다. 그는 1907년부터 유럽과 아시아 지역을 두루 섭렵했고 이를 신문과 잡지에 연재했다가 후에 여행기로 출간했다. 1917년 펠로폰네소스에서 「그리스인 조르바」의 주인공이자 실존 인물인 요르기오스 조르바스를 만나 함께 탄광사업을 시작했고, 1919년에는 베니젤로스 총리 내각에서 공공복지부 장관으로 일하기도 했다.
1922년 베를린에서 조국 그리스가 터키와의 전쟁에서 참패했다는 소식을 들은 그는 이것을 계기로 민족주의 대신 공산주의적인 행동주의와 불교적인 체념을 조화시키려는 시도를 한다. 72세인 1955년 앙티브(프랑스 동남부)에 정착했다가 중국 정부의 초청으로 중국을 다녀온 뒤 얼마 후 백혈병으로 사망했다.

"왜 그렇게 사는가?" 같은 질문들이 생각을 지배하고 있었다. 존재론적 삶과 소유론적 삶에 관한 질문일 수도 있고 인간과 신, 자연과 우주에 관한 근본적 의문일 수도 있다.

나는 그 해답을 찾고 싶었다. 하지만 독서와 사색, 경험 같은 것으로는 시원한 답을 구할 수가 없었다. 결국 돌고 돌아 내 마음 깊은 곳까지 갈 수밖에 없었다. 그곳에서 깨달은 것은 모든 게 내 마음속에 있다는 것이다. 얼핏 보면 불교의 일체유심조(一切唯心造)와 비슷할 수도 있겠다.

하여간 내가 깨달은 것은 천국과 지옥 역시 내 마음속에 있다는 것이다. 신화의 세계도 마찬가지란 생각이다. 신화를 어떻게 받아들이느냐에 따라 신화 속 삶을 살 수도, 그냥 평범한 인간의 삶을 살 수도 있겠다 싶은 생각이 순간 들었다.

관건은 신화로 전해오는 신탁이었다. 내가 직접 그리스 델포이에 가서 신탁을 받으면 될 것 아닌가. 신탁의 내용은 미리 알 수가 없지만, 두드리면 열린다고 하지 않던가. 그것은 내가 품고 있던 인간의 삶에 대한 근본적인 물음에 관한 것이리라. 마음 깊은 곳으로부터의 깨달음, 그게 바로 신탁일 수도 있으리라. 이런 생각을 품고 신탁의 발원지를 찾아갈 여정을 세웠다.

여행 루트

어떤 항공이든 직항은 편하고 시간도 절약할 수 있으나 요금이 비싸다. 그렇다고 두 곳 이상을 경유하는 것은 시간과 체력을 너무 많이 빼앗긴다. 물론 12~48시간처럼 경유 시간이 긴 항공 루트를 선택해서 경유지를 잠깐 둘러보는 여행을 할 수도 있긴 하다.

가장 좋은 것은 한 군데 정도 서너 시간 이내로 경유해서 가는 것이다. 장거리 비행의 경우, 도중에 제3국 공항에서 잠시 휴식의 시간을 갖는 것도 나쁘지는 않다. 나의 그리스행은 모스크바를 경유하는 러시아 항공이었다. 북반구의 고위도 쪽으로 들렀다 가는 루트라 비행시간도 줄어들고, 비행기 연식이나 기내식, 공항 상태 등이 좋은 편이다.

9시간을 날아가서 3시간 정도 공항에서 쉬다가 다시 3시간을 가는 여정이라 비행에 대한 부담도 없고 좋았다. 다른 유럽 국가에 갈 때도 이런 식으로 자주 이용하다 보니 러시아 모스크바 셰레메티예보 공항(SVO)이나 터키 이스탄불 아타튀르크 공항(IST), 독일 프랑크푸르트 암마인 공항(FRA) 같은 곳은 시설도 익숙해져 정이 들 정도다.

내게 주어진 휴가 기간은 14일. 가고 오는 비행 시간을 제외하고 12일 동안 그리스의 주요 명소들을 둘러보기로 했다. 아테네

를 중심으로 델포이의 아폴로 신전과 북쪽의 메테오라 절벽 수
도원, 코린토스 유적지와 펠로폰네소스반도의 스파르타 유적지,
올림포스, 그리고 유명한 몇몇 섬들이다.

　나는 여행지에 가면 통상 공항에서 가장 먼 곳, 교통이 여의치
않은 곳을 먼저 보고 가까운 곳을 보곤 한다. 마치 어려운 전공
필수(꼭 가봐야 하는) 과목의 과제부터 해놓고 나머지 쉬운 과제
들을 처리하는 식이다. 현지 교통편이 늘 있는 것이 아니기 때문
에 예약도 미리 해야 하고, 날씨나 일정 변동 등 예상치 못한 일
들이 발생할 수 있음을 고려한 행동이다. 짧은 시간 동안 알차게
구경하기 위한 나름의 노하우인 셈이다.

　예컨대 우리나라를 방문하는 외국인이 서울에 도착하자마자
강원도, 부산, 목포 같은 곳을 다녀오는 것이다. 물론 시간적 여
유가 많다면 얘기가 달라진다. 일단 며칠 서울 구경을 하면서 현
지 정보를 얻어 선택적으로 가고 싶은 곳을 다녀올 수도 있을 것
이다. 내 방법은 그 나라에서의 체류 시간이 빠듯한 경우이다.
삶에 매여 있는 대부분 여행객이 그렇듯이.

　그런 연유로 나는 아테네 도착 후 바로 다음 날 왕복 국내선
항공기로 산토리니섬을 찾아 3박 4일을 보내고 아테네 공항으
로 되돌아 왔다. 그리고 그 즉시 차를 렌트해 델포이와 메테오라
수도원을 1박 2일로 다녀왔다. 이어 아테네에서 다시 1박 후 국
내선 항공기를 이용해 크레타섬으로 이동해 2박 3일을 보냈고,

조르바와 춤을

또 한 번 아테네 공항에서 차를 빌려 펠로폰네소스반도 쪽으로 2박 3일 여행을 했다.

아테네는 이렇게 여러 곳을 오가는 자투리 시간과 별도 시간을 이용해 3일 정도 충분히 구경할 수 있었다. 그리스는 수많은 섬이 있는데, 그중 꼭 가보고 싶은 몇 곳만 꼽아도 5~6개는 됐다. 하지만 다 가볼 수 없기에 대표적으로 크레타와 산토리니를 다녀왔다.

두 곳 모두 현지 공항에서 빌린 렌터카를 이용했다. 모르는 교통편을 놓고 고민하기보다는 직접 운전을 하면서 중간중간에 구경도 하고 쉬기도 하는 것이 훨씬 효율적이라는 생각이었다. 혼자 여행할 때는 그 편이 낫다. 여럿이라면 경제성이나 교대 운전 측면에서 더할 나위 없이 좋다. 게다가 예상이나 했으랴. 그리스의 도로 여건이나 풍광이 그렇게도 가히 환상적일 줄이야.

그리스 여행은 섬부터 시작했다. 산토리니와 크레타, 미코노스, 자킨토스, 로도스 등 수많은 섬이 있지만 다 가볼 수는 없었다. 섬은 기본적으로 바다를 건너야 해서 오가기가 불편하고 시간이 걸린다. 그래도 산토리니와 크레타만은 꼭 가보고 싶었다. 이유는 한둘이 아니다. 무엇보다 가장 대표적 관광지이고, 그래서 다른 섬들에 비해 가성비 좋은 여행을 할 수 있다는 점도 매력적인 이유 중 하나이다.

산토리니는 그 자체가 그림이다. 파란 두오모와 하얀 벽들의 어우러짐에 눈이 부시다. 풍차와 당나귀. 검푸른 에게해는 또 어떤가. 크레타는 에게해의 가장 큰 섬이다. 숱한 신화와 역사적 유적과 유물을 간직한 곳이다. 내게 조르바를 소개해 준 니코스 카잔차키스의 고향이자 무덤이 있는 곳이기도 하다. 아늑하고 포근한 하니아 포구 또한 보고 싶었다.

나는 산토리니에서 조르바와 춤을 췄고 크레타에서 니코스 카잔차키스와 교감했다. 이 두 가지 사건만으로도 그리스 기행을 떠난 소기의 목적은 달성한 셈이다.

아테네 공항 도착 즉시 산토리니행 국내선인 에게 항공(Aegean Airlines)을 탔다. 배편을 이용해도 좋지만 보통 4~11시간이 소요된다. 몇 군데 섬을 들르느냐 아니냐의 차이이다. 나는 시간 절약을 위해 항공편을 이용했다. 에게해를 가로지르는 1시간여 비행 동안 간간이 섬들이 보였다. 신들이 던져놓은 이야기 꾸러미들 같았다. 호메로스의 『오디세이아』가 여기서 탄생했다. 사이렌 요정의 노랫소리와 외눈박이 괴물의 아우성이 들리는 듯했다.

하늘에서 내려다본 산토리니는 남북으로 약간 길쭉한데, 중간에 살짝 나온 배와 뒤로 이어지는 꼬리 같은 형태가 마치 아기공룡 둘리를 닮았다. 한눈에 전체가 내려다보일 만큼 그리 크지 않은 섬이다. 동쪽으로 긴 활주로가 보였다. 비행기는 갈매기처럼 부드럽게 내려앉았다.

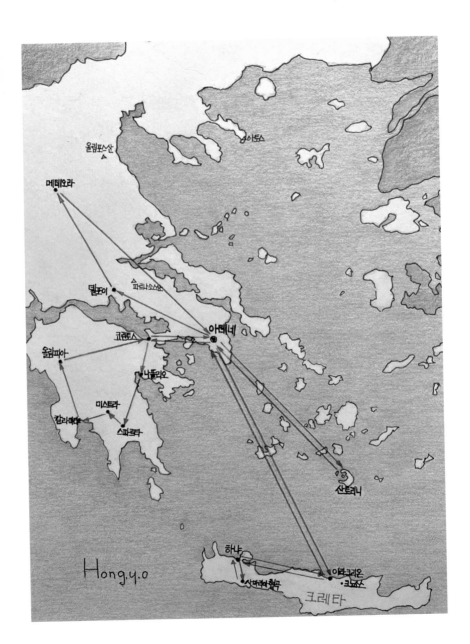

올림포스산 △

○ 아토스

메테오라

델포이 • 파르나소스산 △

코린토스 •   아테네 ◉

올림피아 •

나폴리오 •

미스트라 •

칼라마타 •   스파르타 •

산토리니

하니아 •   ▲
사마리아 협곡 •   이라클리온 ○
크노소스 •

크레타

Hong.y.o

여행 전 반드시 챙겨야 할 체크리스트

저마다 보고 싶은 것, 하고 싶은 것이 다 다를 것이다. 여행 전 각자의 체크리스트를 한 번 더 점검할 필요가 있다. 여행은 항상 이번 여행이 '마지막'이다. 그곳에 언제 다시 갈 수 있을지 모른다. 앞날을 알 수 없기 때문이다. 그러니 한 번 갈 때 야무지게 챙겨서 보고, 뭐든 해보는 것이 좋다. 예를 들어 나의 그리스 여행에서는 다음의 항목이 필수 체크리스트이다.

1. 아크로폴리스와 파르테논 신전 등 대표적인 그리스 유적지.
2. 산토리니의 파란 지붕과 하얀 골목길.
3. 이아 마을에서 보는 환상적 노을(남쪽 등대 부근에서 조르바처럼 맞은 바람과 정어리 요리는 보너스).
4. 크레타 크노소스 유적.
5. 델포이 신전의 신탁.
6. 메테오라 절벽 위 수도원과 펠로폰네소스.
7. 각종 지중해식 해산물 요리, 그리스식 샐러드, 43도짜리 전통주 우조와 라키……

조르바와 춤을

니코스 카잔차키스의 『그리스인 조르바』

『그리스인 조르바』의 줄거리는 사실 간단하다. 평범한 도시인이자 식자층인 '나'는 선창가 카페에서 우연히 조르바를 만나 묘한 매력에 빠진다. 두 사람은 함께 크레타섬으로 가서 '나'는 투자를 하고 조르바는 인부를 모아 광산사업을 시작한다. 그러다 사업이 망하고 조르바와 '나'는 헤어진다는 내용이다. 하지만 그 속에 녹아 있는 조르바의 생각과 삶의 철학, 예술, 그리고 시대적·역사적 배경은 많은 이들에게 영감을 떠올리게 하고, 사유의 폭을 넓게 해준다. 조르바의 사고와 삶의 태도가 결코 진리는 아닐 터. 자유와 낭만의 기준이 될 수도 없을 것이다. 그의 종교관과 국가관, 연애관, 결혼관은 다소 파격적이기까지 하거니와 기득권자들에게는 위험한 바이러스로 비쳐질 수도 있다.

조르바를 한 단어로 푼다면 바로 '자유'가 아닐까. 어디에도 얽매이지 않고 관념과 가식적 격식을 깨는 자유! 거기엔 춤과 산투르(Santur, 100개의 현을 가진 그리스 전통악기로, 조르바가 끼고 다녔다)라는 감성과 예술이 동반된다. 조르바의 자유는 TV 프로그램 〈나는 자연인이다〉처럼 사회로부터 격리된 자유가 아니다. 복잡하고 험난한 세상을 거부하지 않는, 오히려 그 속에서 부대끼며 나름의 치열한 삶을 살아간다. 다만 보통 사람들과 다른 점은 그 속에서도 결코 자유를 포기하지 않고, 자유를 만끽한다는 것이다. 아모르 파티(Amor Fati), 카르페 디엠(Carpe Diem). 삶을 사랑하고 이 순간을 즐기는 것, 자유를 만끽하는 것이 바로 조르바가 우리에게 던지는 메시지이다.

그래, 알겠다. 조르바야말로 내가 오랫동안 찾아다녔으나 만날 수 없었던 바로 그 사람이었다. 그는 살아 있는 가슴과 커다랗고 푸짐한 언어를 쏟아내는 입과 위대한 야성의 영혼을 가진 사나이, 아직 모태(母胎)인 대지에서 탯줄이 떨어지지 않은 사나이였다.

_니코스 카잔차키스, 『그리스인 조르바』 중에서

사람들에겐 저마다 사유의 세계가 있다. 이는 각 나라에 대한 사유에서도 마찬가지인데, 사람들은 어떤 나라에 대해 생각할 때 그 나라의 역사나 인물, 장소, 예술 등을 떠올리기 마련이다. 나에게는 '그리스' 하면 가장 먼저 떠오르는 게 바로 조르바와 신화이다. 내게는 그 두 가지가 시쳇말로 해시태그처럼 박혀 있다.

다른 나라에 대해서는 어떤가. '영국' 하면 셰익스피어와 비틀스, 해리포터와 스코틀랜드의 비바람 같은 것들이 떠오른다. '스페인' 하면 돈키호테와 알함브라 궁전, '오스트리아' 하면 모차르트와 에델바이스, '프랑스' 하면 바스티유와 루브르 박물관, 이런 식이다. 이러한 사유의 확장은 자신의 취향이나 지식의 정도를 반영한다. 어떤 이는 영국에서 빅벤과 빨간색 2층 버스를, 스페인에서 안달루시아와 바르셀로나를 떠올릴 수 있을 것이다.

나라 이름을 이야기했을 때 가장 먼저 떠오르는 관련어 두세 가지만 말해보라고 하면 그 사람이 가진 성향이나 관심 분야를 가늠해볼 수 있다. '겨우 그런 것들만 생각날까?'라고 무시당할지 모른다는 두려움도 있을 것이다. 하지만 어쩌랴. 각자의 뇌 구조에 철학·문화·예술, 정치·경제가 차지하는 비중이 다른 것을.

나는 산토리니섬 남서쪽 끝 등대에서 에게해의 바람을 맞으면서 조르바를 만났다. 그 조우는 물론 상상이었다. 그곳에서 싱그럽고 부드러운 1월 에게해의 바람을 맞는 순간 조르바와 교감이 이루어지는 것만 같았다. 바로 그때 나는 깨달았다. 조르바가 왜 이 바닷가에서 춤을 출 수밖에 없었는지를. 사실 상상으로 따지자면 여행 내내 조르바는 나와 함께했다. 길을 걸을 때, 멋진 풍광을 보았을 때, 산과 들을 굽이치는 물줄기처럼 그림 같은 길을 운전할 때, 간단하면서도 건강에 좋은 그리스 음식을 먹을 때, 조르바는 늘 나와 그 감동을 함께했다.

신탁의 성지 델포이는 엄청 기가 센 곳이었다. 병풍처럼 버티고 선 세 개의 봉우리가 그것을 말해주고 있었다. 마치 쏟아져 내릴 듯한 하늘을 이 세 봉우리가 떠받들고 있는 듯 보였다. 그 순간 나는 분명 몇 가지 신탁을 받았다. 나 스스로 내면에 품어온 바람이었는지, 진짜 하늘의 계시였는지는 몰라도……

1장

아테네(Athens)
신화의 요람

#아크로폴리스 #제우스신전 #리카비토스언덕 #국립고고학박물관 #고대아고

라 #하드리아누스의문

우리는 잔을 부딪쳤다. 마침 아침이 완전히 밝아 있었다. 배는 고동을 울렸다. 내 짐을 실은 거룻배 사공이 내게 손짓했다.

"하느님의 가호가 우리와 함께하시기를. 자, 갑시다!" 내가 일어서며 소리쳤다.

"하느님뿐만 아니라 악마도!" 조르바가 조용히 덧붙였다.

그는 몸을 굽혀 산투르를 집어 옆구리에 끼고는 문을 열고 먼저 나섰다.

_니코스 카잔차키스, 『그리스인 조르바』 중에서

1월 23일 밤 10시 30분. 모스크바 셰레메티예보 국제공항을 출발한 아에로플로트 2112편은 이카로스*의 날개를 접고 아테네 공항 활주로에 사뿐히 내려앉았다. 겨울 아테네의 스산한 바람이 트랩을 내려오는 나의 옷깃을 여미게 했다. 살을 파고드는 칼바람은 아니었다. 적당히 차가운 겨울바람이었다. 나지막한 혼잣말이 새어 나왔다.

"여기서부터 '신화의 세계'다."

***이카로스**(Icaros)는 아테네의 발명가 다이달로스의 아들이다. 다이달로스는 미노스 왕을 위하여 미궁(迷宮)을 만들었는데, 궁이 완성된 후 그 비밀이 밖으로 새어 나가는 것을 막기 위하여 아들 이카로스와 함께 미궁에 갇히는 신세가 된다. 이카로스는 다이달로스가 만든 날개를 달고 미궁을 탈출하지만, 아버지의 경고를 망각하고 태양 가까이까지 날아오르다 날개를 붙인 밀랍이 녹아 바다로 떨어져 죽고 만다.

거기에는 바람도 불지 아니하고, 비도 쏟아지지 아니하고, 눈도 내리지 아니하니, 오직 구름에 가리지 아니하는 빛이 푸짐하게 쏟아지는 대낮이다. 신들은 거기서 기쁨을 누리며 산다. 영원히.

_호메로스 『오디세이아』 중에서

신화, 즉 '미솔로지(mythology)'라는 용어는 고대 그리스의 철학자 플라톤에 의해 처음 등장했다. 미솔로지는 크게 세 가지 의미를 지니는데, 첫째는 신화를 이야기하는 행위 그 자체를 말한다. 둘째로 17세기의 '파블(fable)', 즉 우화나 전설이라는 단어와 같은 뜻을 가지는데, 이는 단편적인 신화적 전설의 총체를 가리킨다. 그리고 마지막으로 18~19세기 들어 점차 자리를 잡은 신화 연구 및 신화학이라는 의미를 포함한다. 신화의 대상이나 내용이라 할 수 있는 단편적인 일화와 전설들은 먼 옛날로부터 전승되어 온 신들과 영웅 그리고 생명의 기원과 내세에 대한 이야기이다.

나의 아테네 입성은 '신화의 세계'로 들어가는 것이었다. 공항에서 전철을 이용해 시내로 접어들어 예약해 둔 호텔을 찾고 보니 아크로폴리스 바로 옆이었다. 아고라 광장도 좁은 길 건너 바로였다.

모두가 잠든 고요한 시간, 나는 작은 백팩을 매고 캐리어를 끌며 호텔 쪽으로 걸었다. 장거리 비행으로 몸은 다소 피곤했지만 머리는 더욱 맑고 명징해지는 느낌이었다.

　'지금부터 슬슬 시작해 볼까.'

　조르바가 곁에서 자신의 존재를 확인해 주었다.

  아테네 관광은 국립고고학박물관부터 시작했다. 짧은 시간 동안 그리스 문명 전체를 이해하는 데는 박물관만 한 곳이 없다 (이 점은 다른 여행지에서도 마찬가지다). 50여 개가 넘는 전시실에는 선사시대부터 미케네 시대 유물까지 전시품이 가득했다. 고대 그리스 유물로는 영국 대영박물관과 함께 최고 수준을 자랑한다. 자세히 보려면 종일 봐도 부족하다. 그러나 문외한인 관광객이 대충 둘러보는 데는 2시간 정도면 충분했다.

  유럽은 어딜 가나 해당 지역의 대표 유물 한 점씩은 반드시 그 지역 박물관에 직접 가야만 볼 수 있도록 해놓았다는 얘기를 들은 적이 있다. 관광객도 유치하고 지역 박물관도 살릴 수 있는 참신한 아이디어다.

흔히 그리스라 하면 돌밖에 볼 것이 없다고 폄하하는 사람들이 있다. 그러나 아테네의 국립고고학박물관에는 볼거리가 다양하고 풍부했다. 대표적인 자랑거리는 아가멤논의 황금가면*이다. 트로이 전쟁의 중심지인 미케네를 발굴한 독일 고고학자 슐리만이 아가멤논의 마스크라고 주장해 붙여진 이름이다.

과연 황금가면 앞에는 사람들이 몰려 있었다. 고대 문명이 남긴 황금가면은 그 자체로 온갖 상상을 불러일으켰다. 시신 얼굴에 씌워져 있었다면 일상에서도 이용됐을 수 있을 터. 저런 가면을 쓴 사람은 누구였을까. 왕일까, 귀족일까. 저 가면을 쓰고 무엇을 했을까. 가장무도회? 그때도 가장무도회가 있었나 싶었다. 머릿속에는 트로이 전쟁 장면과 실제로 보진 못했지만 트로이 목마의 모습도 겹쳐졌다.

모퉁이를 돌아 옆 전시관으로 가자 박물관의 또 다른 대표 유물인 아르테미시온의 포세이돈 청동상**이 서 있었다. 다른 전시

---

*아가멤논의 황금가면은 미케네 문명을 대표하는 유물이다. 1876년 왕족 무덤에서 시신을 덮은 황금가면 5개가 발견됐는데 그중 하나이다. 실제 무덤 주인이 누구인지는 밝혀지지 않았으나 발굴자가 트로이 전쟁의 영웅 아가멤논의 무덤일 것이라고 여겨 그렇게 명명했다고 한다. 미케네 시대에는 금이 많았던 것으로 추정된다. 왜냐하면 이 시대의 유물 중 화려한 황금 유물들이 많기 때문이다. 미케네의 아트레우스 왕의 아들인 아가멤논은 메넬라오스와 형제이다. 그는 메넬라오스의 아내인 헬레네가 트로이 왕자 파리스에게 납치되자 그리스군을 결성하여 아킬레우스와 함께 트로이 전쟁에 나섰다.

**아르테미시온의 포세이돈 청동상은 기원전 460년경에 만들어진 높이 2m의 포세이돈 나체상이다. 두 발로 땅을 딛고 창을 던지는 자세에서 자연스러운 당당함과 균형미가 전해진다. 1928년 에비아 섬의 아르테미시온 해저에서 발견됐으며 에기나 섬의 조각가 오나타가 만들었다는 설이 있다. 한편 조각상의 손에 들려 있었을 것으로 추정되는 무언가가 사라져 조각상의 주인공이 제우스인지 포세이돈인지 정확히 알 수 없다는 주장도 있다.

관에는 역시 아르테미시온 해저에서 발견된 말을 탄 소년 청동상이 있었다. 포세이돈상이나 말을 탄 소년상이 해저에서 발견된 이유는 배가 난파했기 때문으로 추정된다.

나는 왠지 앞서 본 황금가면보다 이 두 청동상이 더 흥미로웠다. 두 청동상을 싣고 가던 배가 침몰했다면, 아직도 발견되지 않은 다른 조각상이나 유물들도 바다 밑에 많이 남아 있을 것이다. 이런 상상이 내 안의 호기심과 모험심을 불러일으켰다.

그리고 조각술 역시 그 시대의 수준이라고 보기에는 매우 놀라웠다. 포세이돈 청동상의 균형미와 안정감은 가히 경이로웠다. 말을 탄 소년상은 말과 소년의 표정 하나하나까지 섬세하고 역동적으로 표현돼 있었다. 과연 인간의 실력인가 의심이 들 정도다. 신의 솜씨가 아닌 다음에야 어떻게 변변찮은 장비로 저런 청동 조각을 완성할 수 있겠는가.

국립고고학박물관의 포세이돈 청동상

　포세이돈(Poseidon)은 그리스 신화에 나오는 바다의 신이다.
그리스 신화의 포세이돈은 로마 신화의 넵투누스를 말한다. 그
는 제우스의 형으로 독립심이 강해 제우스와 대립한 것으로 알
려져 있다. 바다의 지배자이지만 원래는 말의 신이었다고도 한
다. 흔히 트라이던트(삼지창)를 들고 있는 모습으로 묘사된다.

　트라이던트는 포세이돈이 늘 들고 다니는 갈퀴가 셋 달린 쇠
스랑이다. 본래 어부가 물고기를 잡는 데 사용하는 도구이다. 또
말의 신으로서 말에 먹이를 줄 때도 사용한다고 한다. 훗날 여기
에 더 많은 신화적 요소가 보태져 온갖 마력을 가진 마법의 삼지
창이 됐다. 즉, 바람과 지진, 해일을 마음대로 일으키고 인간의
마음과 의지까지 좌지우지하는 힘이 있는 포세이돈의 상징과 같
은 것 말이다.

신화에 따르면 포세이돈은 그리스와 트로이의 전쟁인 이른바 트로이 전쟁에서 그리스의 편에 섰다. 그는 전장의 장군과 병사들에게 힘과 용기를 주었다. 그리스 병사들이 패배해 사기가 꺾여 있던 어느 날, 포세이돈은 사람의 모습으로 둔갑해 전장에 나타났고, 그가 트라이던트로 병사들의 머리를 건드리자 병사들이 갑자기 용맹해져 다시 전투에 나섰다. 포세이돈의 트라이던트가 병사들의 사기를 일깨우는 신통력을 가지고 있었다는 것을 보여주는 일화이다.

포세이돈은 오늘날에도 뱃사람들에게는 여전히 바다의 신이다. 행운을 바라는 뱃사람들에게 두려움의 대상이자 숭배의 대상이다. 적도를 지나는 배 중에는 선원 중 하나를 포세이돈으로 분장시켜 의식을 치르는 배들도 있다고 한다. 포세이돈이 시련을 준 뒤 선원들이 제물을 바치면 그제야 엄숙하게 통과를 허락한다는 내용이다. 여기서도 포세이돈은 곧 바다의 신비와 경이로움 그 자체임을 알 수 있다.

아르테미시온의 말을 탄 소년상은 포세이돈 청동상과 같은 해저에서 발견됐다. 달리는 말의 생동감을 어쩌면 저렇게 잘 표현했을까 하는 생각이 단번에 드는 작품이다. 말 위에 타고 있는 소년의 표정 또한 예술이다. 그 시대에 어떻게 저리도 표정을 섬세하게 잘 묘사했는지 감탄을 자아낸다.

　흔히 잘생긴 사람을 보면 '그리스 조각상 같다'라는 말을 한다. 그만큼 선과 명암이 분명하고 균형이 잡혔다는 얘기다. 그리스 조각상들을 직접 보면서 서양 문화예술의 근원을 알 수 있을 것 같았다. 동양의 그것과는 확연히 다르다. 무엇보다 미의 기준을 인체에서 찾았다는 점이다. 옷을 걸치지 않은 인체, 즉 누드 조각상이 많은 것만 봐도 동양과 문화적 격차가 크다.

　물론 그리스 조각상에도 성차별은 있다. 남자 조각상(쿠로스)은 대개 누드이지만 여자 조각상(코레)은 코스튬(시대나 인물의 역할을 보여주는 의상)을 입혀놓고 있다. 그러나 그 코스튬 역시 두껍지 않고 인체가 다 드러나 보이는 것들이 대부분이다. 아무것도 걸치지 않은 인체 그 자체를 부끄러움의 대상이 아닌 미의 대상으로 본 것이다. 그리고 그것을 섬세한 관찰을 통해 세밀하게 표현했다. 서양의 문화예술이 여기서 출발했음을 짐작하게 한다. 누드를 금기시해 조각이나 그림을 옷으로 꽁꽁 싸맨 동양과는 정반대다. 동서양의 문화와 예술의 차이는 여기서부터 출발하고 있음을 새삼 깨닫는 순간이었다.

생각의 꼬리는 좀 더 구체적이고 은밀한 곳에 이르렀다. 고대 그리스 조각상으로 바라본 미의 기준은 현대의 그것과 비슷하면서도 다른 점이 있다는 인상을 받았다. 남자 조각상의 중요 부위, 이른바 '거시기'가 실제보다 상당히 작게 묘사된 점이다. 다른 것은 다 균형과 비율을 맞췄으면서 그곳만 왜 작게 했을까. 아마도 고대 그리스에서는 작은 것이 미의 기준이었나? 그런 의문이 들었다.

허벅지와 엉덩이를 타고 흐르는 곡선 역시 현대적 미의 기준으로 보더라도 감탄을 자아내기에 충분했다. '신을 인간의 모습으로 만들고 인간은 신처럼 완벽한 조화와 균형을 이루도록 묘사했구나.' 그리스 조각상들을 뒤로하고 나오면서 느낀 또 하나의 결론은 그런 것이었다.

완벽한 조화와 균형을 이루는 그리스 조각상

신타그마 광장으로 향했다. 이곳은 아테네의 중심이자 그리스에 있는 모든 도로의 기점이다. '신타그마'는 헌법을 의미한다. 명칭대로 이곳에 국회의사당이 있다. 1843년에 여기서 그리스 최초의 헌법이 공표된 것을 기념해 붙여진 이름이다.

광장의 유래 자체는 까마득한 고대로 거슬러 올라간다. 여기엔 기원전 335년 아리스토텔레스의 리케이온 학원이 자리하고 있었다고 한다. 지금은 관청과 빌딩, 상점, 호텔, 식당 등이 밀집해 있는 세계적 관광지이자 번화가이다.

이곳은 아테네 시내에서 가장 깨끗하고 잘 정리된 동네이기도 하다. 광장 앞쪽으로는 전통적 부촌인 플라카 지구와 콜로나키 지구가 자리 잡고 있다. 남쪽의 에르무 거리는 서울의 명동 같은 곳이다. 이곳에는 고급 부티크와 기념품 가게가 즐비하게 늘어서 관광객들을 유혹한다.

신타그마 광장을 중심으로 웬만한 고대 유적지들은 모두 걸어서 구경할 수 있는 거리에 있다. 그렇다 해도 30분에서 1시간은 걸리기 때문에 그 정도의 도보 이동을 즐길 수 있는 체력은 있어야 한다. 그 정도 걸으면 나오는 모나스트라키 역 주변 역시 분위기 좋은 카페와 타베르나(식당), 기념품점 들이 몰려 있다. 종종 눈에 보이는 기로스* 가게에서 간단히 한 끼를 때워도 좋다.

신타그마 광장 동남쪽에 있는 멋진 건물이 국회의사당이다. 그리스 국기가 항상 나부끼고 있다. 바로 앞에는 무명용사비가 있다. 이 무명용사비는 터키와의 전쟁(1923)에서 희생된 병사의 넋을 기리기 위한 것이다.

비석의 앞면에는 병사의 모습이 새겨져 있고, 양옆으로는 고대 역사가 투키디데스의 명언이 새겨져 있다. 오른쪽에는 '영웅들에게는 세상 어디라도 그들의 무덤이 될 수 있다'라는 문장이, 왼쪽에는 '누워 있는 용사를 위해 빈 침대가 오고 있다'라는 문장이 바로 그것이다.

---

*기로스(그리스어 γύρος)는 돼지고기의 여러 가지 부위를 회전 구이한 음식이다. 닭고기나 양고기, 소고기 등으로 만들기도 한다. 피타빵에 차지키, 토마토, 양파, 감자튀김 등을 함께 올려 나온다. 케밥이나 타코처럼 돌돌 말아 나오기도 한다. 다만 타코처럼 빵이 전체 내용물을 감싸는 형태가 아니라 샌드위치 형태이다. 그리스어 기로스(γύρος, '돌린다'는 뜻)에서 유래됐다. 꼬치에 고기를 꽂아 돌리면서 구워 먹는 것은 고대 동부 지중해에 뿌리를 둔 음식문화이다. 미케네 그리스와 미노스 문명 시기에 이러한 흔적들이 발견된다.

MIAKAINHKENHΦΘ
PETAIEΣTPΛMENH
ΤΠΝΑΦΑΝΠΝ

ANΔPΛΛEΠΙ
ΓΑΣΑΓΗΤΑΘ

ΛΑΜΑΣ
INA
ΣTPON
KΑΛΓΑΚΙ
ΤΣΚΟΣ

Hong.y.o

무명용사비 앞에서는 두 명의 위병이 30분마다 자리를 바꾸며 1시간마다 교대식을 한다. 치마로 된 '에브조나스'라는 전통 의상이 인상적이다. 털 방울이 달린 구두가 특히 눈길을 끌었다.

투키데스*는 오늘날 미국과 중국, 이른바 G2 간의 신냉전을 설명할 때 심심찮게 소환된다. 이른바 '투키데스의 함정'이란 새로운 강대국이 부상하게 되면 기존의 강대국이 견제를 하는 데 그 과정에서 전쟁과 같은 무력 충돌로 이어질 수 있다는 가설이다.

중국이 신흥 강국으로 부상해 미국과 대결 구도를 이루면서 자주 인용되는 용어이다. 국제안보 분야의 세계적 석학인 그레이엄 엘리슨 미국 하버드대 교수의 저서 『예정된 전쟁(Destined

---

*투키데스(Thucydides)는 대략 기원전 400년대에 살았던 아테네 출신의 역사가이자 장군이다. 그가 쓴 『펠로폰네소스 전쟁사』에 따르면 기원전 5세기 아테네가 급격히 성장하자 기존 맹주였던 스파르타가 불안감을 느껴 이에 지중해 패권을 놓고 양자 간 전쟁이 벌어진다. 투키데스는 이러한 전쟁의 원인을 아테네의 부상과 스파르타의 두려움 때문이라고 주장했다.

for War)』의 핵심 요지가 바로 그것이다.

　외교·안보 및 경제적, 지리적으로 미국과 중국의 사이에 긴 우리나라로서는 신경을 안 쓸 수가 없는 말이다. 엘리슨은 동아일보와의 인터뷰에서 "미·중 간 군사충돌 가능성이 생각보다 높고 그 시발점은 한반도나 대만 등 제3지역이 될 수 있다"라고 예상한 바 있다. 과거 냉전시대 미·소 간 대리전쟁(결국 미·중 간 대리전쟁으로 중단됐지만)이라 할 수 있는 한국전쟁의 아픔을 간직한 우리나라로서는 끔찍한 예언이 아닐 수 없다.

　'미국이냐 중국이냐?' 선택은 무엇이어야 할까. 이러한 물음 앞에서 머리가 복잡해진다. 할 수만 있으면 피하고 싶다. 그냥 둘 다 중요하니까 양다리 걸치고 잘 살자고 하면 끝일까. 세상에는 공짜가 없듯이 국가 간 관계도 꽃길만 펼쳐질 수는 없다. 받은 게 있으면 줘야 하고 의리와 진정성이 관계의 바탕에 깔려 있어야 한다.

　투키디데스로 말미암아 화두처럼 던져진 자문에 쉽게 답이 나올 리 만무했다. 다만 무엇보다 이곳이 그리스라는 점, 즉 고대 민주주의의 발상지라는 것이 떠올랐다. 민주주의는 왕정이나 전체주의, 독재주의와는 거리가 멀다. 공화정과 자유주의와 일맥상통한다.

　다음으로 고려할 것은 그리스의 경제 상황이다. 나라가 부강

해야 스스로 선택권도 있는 법이다. 그리스처럼 국가 부도 사태가 나버리면 선택권마저 잃어버리는 수가 있다. 강대국의 뜻에 따라 이리저리 선택당하는 운명에 처할 수 있다는 얘기다. 생각만 해도 끔찍하다.

자문에 답을 찾고자 하는 마음은 결국 원교근공(遠交近攻), 즉 '먼 나라와 사귀고 이웃 나라를 공격한다'는 외교·안보의 전통적 경구에까지 가닿았다. 중국의 옛 전국시대라면 공격했겠지만 지금은 이른바 '밀당(밀고 당기는) 관계', 즉 영어로는 'engagement' 정도가 될 수도 있다. 단순한 진리에 답이 있을 수 있음을. 무엇보다 자유민주주의와 인권이라는 가치동맹, 경제동맹, 안보동맹을 고려해야 할 것이다.

부상하는 절대 강국들끼리의 예정된 충돌을 '함정'이라고 표현한 점을 곱씹어 본다. 왜 다른 단어도 많은데 굳이 '함정'이라고 했을까. 함정은 짐승을 잡기 위한 덫이나 남을 곤경에 빠뜨리기 위한 계략일 터. 패권국끼리의 충돌이 곧 인간을 덫이나 곤경에 이르게 하는 신의 장난 내지는 계략이란 의미가 아닐까? 어설픈 추론을 해보았다.

국회의사당 남쪽으로는 곧바로 국립정원으로 연결된다. 아테네의 허파 역할을 할 만큼 숲이 우거지고 잘 정돈된 공원이다. 시민과 여행객이 잠시 쉬었다 갈 수 있는 휴식처이다. 다른 도시에서처럼 나는 이 숲의 이곳저곳을 한참 돌아다녔다. 그곳에는 쉼과 안락함이 있었다. 세계 어느 나라이든 도시에 잘 보존된 숲은 삶의 청량제와도 같다. 연인과 젊은이들과 노인, 가족들······ 인류 공통의 행복한 모습이다. 모두가 결국은 그러기 위해 사는 것인데······.

국립정원을 빠져나와 길을 건너니 플라카 지구*였다. 복잡하고 좁은 골목으로 이루어진 이곳은 레스토랑과 카페, 기념품점 등이 몰려 있는 곳이다. 아크로폴리스 언덕에서 바라보면 북쪽에서 동쪽으로 넓게 펼쳐져 있는 구시가지이다.

상점들을 구경하면서 계속 따라 걸으면 다시 사람들이 북적이는 광장이 나온다. 벼룩시장으로도 유명한 모나스티라키 광장이다. 주변으로는 기념품점이 모여 있다. 재수가 좋으면 단돈 몇 푼에 맘에 드는 빈티지를 건질 수도 있다. 부근 판드로소 거리 역시 구경만 해도 재미있는 상점들이 많다.

내가 그곳에 도착했을 때는 마침 해 질 녘이었다. 선술집인 타베르나에 하나둘 불이 켜지고 거리는 더욱 활기를 띠는 듯했다. 창문 틈으로 한 집을 들여다보았다. 만돌린처럼 생긴 전통악기

---

*플라카 지구는 아크로폴리스 근방에 있는 고급 거리이다. 아테네에서도 부촌으로 손꼽히는 곳으로 관광객들을 위한 고급 식당과 카페들이 즐비하다. 대부분 생음악을 연주하는데, 저녁에 식당 바깥에서 들리는 부주키 연주에 끌려서 들어갔다가 수프 한 그릇 먹고 제법 비싼 음식 값을 내야 하는 경우도 있을 수 있다.

부주키(Bouzouki)*로 연주하는 그리스 연가와 함께 민속무용, 전통음식을 즐기는 식당이었다. 혼자 들어가 테이블을 차지하기엔 좀 머쓱해서 좀 더 편한 식당을 찾아 그리스식 샐러드와 마늘빵, 파스타에 두어 잔의 와인으로 저녁을 때웠다.

*부주키는 그리스의 대표적인 전통 현악기로, 플렉트럼을 이용해 현을 튕겨 연주한다. 서양배를 반으로 자른 모양의 몸통과 같은 음으로 조율된 두 현이 한 쌍을 이루는 복현 구조라는 점에서 만돌린(mandolin)과 매우 유사하다. 그리스 정통 부주키의 현은 원래 세 쌍의 복현으로 이루어졌지만, 오늘날 연주되는 대부분의 부주키에는 네 쌍의 복현이 있다. 한편, 아일랜드 음악에 널리 사용되는 아이리시 부주키(Irish bouzouki)도 이 그리스 부주키가 변형되어 탄생한 악기이다.

조르바와 춤을

아크로폴리스

아크로폴리스는 내가 묵은 호텔과 골목길 하나로 이어졌다. 아침 일찍 신선한 오렌지주스와 오믈렛으로 근사한 식사를 마친 뒤 곧바로 아크로폴리스로 향했다.

아크로폴리스는 원래 신에게 제사를 지내던 곳이었다. 고대에는 아무나 함부로 올라갈 수 없었던 곳이지만, 지금은 언제나 관광객들로 북적이는 곳이다. 해발 150미터의 나지막한 산일 수도 있는 일종의 언덕이다. 아테네 시내 어디서나 보인다. 거꾸로 이곳에서는 아테네 전체를 조망할 수 있다.

대학 시절 학교의 중심 광장 이름도 아크로폴리스였다. 잔디밭에 앉아 동기들과 담소를 즐기거나 여학생과 정담을 나누던, 때로는 동아리 친구들과 열띤 토론도 하던 곳이었다. 그러나 한편으로는 집회와 시위, 최루탄이 난무하던 곳이었다. 사복경찰이 학내에 상주하던 시절에는 청바지, 청재킷 차림의 사복경찰들도 함께 어울리던 곳. 이런 차림의 사복경찰들 수백 명이 학교 곳곳에 배치돼 있었다. 캠퍼스 잔디밭 위의 학생들과 청재킷 차림의 사복경찰들. 돌이켜보면 블랙코미디이다. 그 시절 벌어졌던 씁쓸한 장면들 중 하나다.

스쳐 가는 아픈 기억들. 그중 한 장면이 떠올랐다. 민주주의와 독재 타도를 외치는 함성이 들려오는 듯했다. 학생회관 옥상에서 분신해 투신하는 학우의 모습이 눈앞에 아른거렸다.

1980년대 중반의 어느 봄날이었다. 도서관 앞 잔디밭, 일명 아크로폴리스 광장에는 여느 때처럼 그곳에서 '반전반핵', '독재 타도'를 외치는 집회가 열리고 있었다. 위쪽의 강의동과 아래쪽의 본관 건물은 이미 경찰들이 에워싸고 있었다. 경찰 쪽에서 나이가 지긋해 보이는 중년의 남성이 나오더니 핸드 스피커를 잡고 소리쳤다.

"○○아! 이 아부지, 엄마 봐서라도 데모 그만하고 내려와라."

그러자 도서관 쪽 시위대 마이크를 잡은 학생이 대답했다.

"아부지, 걱정 말고 그만 돌아가세요. 오늘 우리의 투쟁은 역사가 증명할 겁니다."

그때 시위를 주도했던 이른바 80년대 운동권들이다. 처음에는 '386'이었다가 '486'을 거쳐 '586'이 된 세대. 그들은 오늘날

아크로폴리스

대한민국의 정치권력을 휘어잡았다. 민주화를 이루고 뜻을 이룬 것이다. 그들의 말대로 역사가 증명한 것일 터. 그러나 여전히 의문은 남는다. 과연 역사가 무엇을 어떻게 증명한다는 말인가.

그때였던 것 같다. 쇠창살 같았던 도서관 창틀 위로 날아오르는 새 한 마리를 본 것은. 그리고 '자유'라는 단어가 나의 뇌리에 박힌 것은. 이후 내 삶에서 그 단어는 여러 형태로 다르게 다가왔고, 세월이 지나고 삶의 풍파를 겪으면서 조금은 다른 색깔을 지니게 되었다.

'자유'에 대한 개념과 그것을 느끼는 강도는 사람마다 조금씩 다르다. 나에게 진정한 자유는 점점 어디에도 없는 것처럼 느껴졌다. 하늘을 나는 새조차 하늘에 갇힌 것이라는 생각이 들었다. 조르바는 그런 상태를 줄에 묶인 노예 상태라고 했다. 각자 줄의 길이만 다를 뿐.

자유와 민주주의를 꿈꾸고 부르짖던 아크로폴리스 광장, 그 현장에 와 있다는 것이 실감 나지 않았다. 나는 아크로폴리스 언덕 한가운데 서서 한동안 상념에 잠겼다.

아테네를 언급하면서 민주주의 얘기를 안 할 수 없다. 민주주의란 무엇일까. 어떤 단어의 뜻이나 개념이 바로잡히지 않을 때는 그 반대말을 떠올려보면 좋은 경우가 종종 있다.

민주주의의 반대는 무엇일까? 얼핏 전체주의, 국가주의, 절대국가, 독재, 왕정, 이런 용어들이 떠오른다. 다시 말해 민주주의란 국민이 국가의 주인으로서 삼권분립과 선거 같은 공공의 약속을 통해 공공선과 인간 존엄성을 구현하는 사회일 것이다.

흔히 사회주의나 공산주의를 민주주의의 반대 개념으로 떠올리기도 하는데, 이 개념들은 민주주의의 반대라고 할 수 없다. 사회주의나 공산주의는 아무래도 자본주의와 대척점으로 봐야 자연스럽다. 즉 민주주의, 전체주의가 정치체제에 관한 개념이라면 자본주의, 공산주의는 경제 개념이다.

사회주의, 공산주의가 꿈꾸는 정치체제도 결국 민주주의일 것이다. 그러나 지금까지 역사는 사회주의를 통한 민주주의 혹은 그 반대 경우는 이룰 수 없는 이상향이라는 교훈을 주고 있다. 즉 모두가 평등하면서도 모두가 주인인 세상은 그 자체가 모순이다.

　민주주의가 그리스 도시국가에서 생겨난 이래 전체적으로 인류 역사는 민주주의의 발전을 이루어왔다. 그러나 오히려 민주주의의 이름으로 민주주의를 부정하고 파괴하는 장면들도 종종 보여주었다. 민주주의를 기치로 내세워 놓고 사실은 독재와 파쇼, 전체주의로 가는 사례들이 없지 않았다. 지금도 그런 일들이 되풀이되는 나라들이 있다. 그 자체가 모순이요, 아이러니가 아닐 수 없다.

　민주주의는 민주주의에 의해 파괴될 수 있음을 간과하면 안 된다. 인류 역사는 다수결이 무조건 좋은 것은 아니라는 사실도 말해주고 있다. 민주주의 역시 다수에 의한 독재로 변질될 수 있음을. 혹은 제동장치 없는 포퓰리즘으로 흘러갈 수 있음을.

　그리스 민주주의가 진화와 퇴보를 거듭한 끝에 오늘날 민주주의는 과연 그 해답을 찾은 것일까. 나는 점점 더 깊은 사유에 빠져들었다. 하지만 끝내 똑 부러지는 답은 찾지 못했다.

　우리나라를 생각해 본다. 흔히 산업화에 이어 민주화를 이루

었다고 자부한다. 그렇다면 민주주의는 이루어졌나. 꼭 그렇지
만은 않은 것 같다. 민주화를 이루었다고 해서 민주주의가 완성
된 것은 아닐 것이다. 민주주의의 가면을 쓴 왕조와 독재가 있으
니 바로 인민민주주의다. 좋은 말은 다 갖다 붙였다. 인민과 민
주주의가 그것이다. 하지만 여기엔 제일 중요한 '자유'가 빠져
있다. 인민민주주의와 자유민주주의의 구분은 정확히 하고 넘어
가는 것이 좋겠다. 지구상 유일한 분단국가인 우리에겐 더욱 중
요한 문제다.

조르바 얘기를 전한 니코스 카잔차키스도 정작 자유와 민주주
의에 관해서는 조르바와 심한 논쟁을 벌였을 수도 있다. 자체 모
순이다. 인간이기 때문에 그런 것일까. 아이러니가 아닐 수 없다.
민주주의에 대해 생각하면서 나는 대학 시절 학우들과 자주
부르던 〈타는 목마름으로〉를 나지막이 흥얼거렸다.

…
내 머리는 너를 잊은 지 오래
내 발길도 너를 잊은 지 너무도 너무도 오래
오직 한 가닥 있어
타는 가슴 속 목마름의 기억이
…

네 이름을 남몰래 쓴다

타는 목마름으로

타는 목마름으로

민주주의여 만세

– 김지하, 〈타는 목마름으로〉 중에서

아크로폴리스는 기원전 15세기경에 처음 만들어졌다. 당시의 기본적인 모습은 남아 있으나 세월의 풍파를 겪으면서 많이 변했다. 특히 페르시아와의 전쟁 때 가장 많이 파괴됐다. 기원전 480년 크세르크세스(Xerxes I)가 이끄는 페르시아군은 도시를 약탈하고 신전을 불태웠다. 아테네는 연합군을 이끌고 페르시아와 싸워 승리한 후 제일 먼저 신전 재건 사업에 착수했다. 파르테논을 재건했고 그곳에 아테네의 수호신이자 지혜의 여신인 아테나를 봉안했다. 엄청난 보물 수장고도 두었다.

아크로폴리스의 상징은 역시 파르테논 신전이다. 기원전 438년 익티노스의 설계로 완성된 신전은 몇 군데의 복원과 보수 작업이 진행 중이었지만 여전히 웅장하고 아름다웠다.

그런데 신전은 가까이에서 보니 완벽과는 거리가 있어 보였다. 바닥이 불룩하고 기둥 간격도 불규칙한 듯 좀 부자연스러운 것 같기도 했다. 하지만 이는 착시현상을 감안해 멀리서 볼 때 가장 자연스럽게 보이도록 한 설계자의 의도라고 한다. 좀 떨어져서 보니 과연 그 말이 맞았다. 비로소 황금분할과 균형미의 진수를 볼 수 있었다.

기록에 따르면 신전은 당초 넓이 30미터, 길이 70미터로 지붕 아래 장식은 빨강, 파랑, 금색으로 치장됐다. 본전에는 12미터 높이의 아테나상이 있었다고 한다. 하지만 지금은 행방이 묘연

하다. 이 거대한 여신상의 피부는 상아로, 갑옷과 투구는 황금으로, 방패 안쪽에 있는 뱀 장식의 눈은 보석으로 만들어졌다고 한다. 그 원형은 고고학박물관에 있는 로마 시대 모작을 보면 짐작할 수 있다.

1687년, 베네치아 군대의 포격으로 인해 아름다운 신전은 제 모습을 잃었다. 이후에도 신전 정면 중앙부를 장식한 부조 등 주요 유물은 모조리 약탈당했다. 그중 상당수가 런던 대영박물관에 전시돼 있으니 이 또한 냉엄한 역사적 현실이다. 그리스 정부는 지금도 이를 포함한 문화재 반환 시도를 계속하고 있지만 도로 가져오기란 쉽지 않다. 방법은 하나, 세계사 패권이 다시 요동을 쳐 그리스가 옛 영광을 되찾는 것이다.

여러 기록에 따르면 고대 그리스 신전은 '신이 거주하는 집'이었다. 내부에는 신탁을 받는 사제들만 출입할 뿐 일반 시민들은 들어갈 수 없었다. 내부 공간보다 건물 외형을 중시했던 이유이다. 그들의 신은 인간과 다른 세계에 사는 거룩한 존재가 아니었다. 신은 죽지만 않을 뿐 육체적으로나 정서적으로 인간과 다를 바가 없었다. 다만 인간보다 더 까탈스럽고 욕심 많은 존재였다. 고대 그리스인들은 그런 신을 한편으로 두려워하면서도 다른 한편으로는 신적인 것을 추구했던 것으로 보인다.

파르테논의 기둥 양식은 도리아식이다. 주춧돌이 없고 기둥머리 장식이 단순하다. 이오니아식은 기둥머리가 양 머리의 뿔처

럼 둥글게 말려 있다. 도리아식은 그런 이오니아식에 비해 상대적으로 건강한 남성미를 가졌다. 그렇다고 해서 근육질로만 이루어진 것은 아니다. 전체적으로는 균형이 잘 잡히고 세밀한 조각들로 장식되어 있다. 여기에는 대리석을 떡 주무르듯 하는 그리스인들의 놀라운 조각술을 볼 수 있다. 돌을 쪼고 갈아서 이렇게 사실적이고 생동감 있는 표현을 할 수 있다는 것에 감탄을 자아낼 따름이다. 영국이 일찍이 조각을 내 대영박물관에 모셔놓을 만큼 파르테논 신전이 있는 그리스가 부러웠던 모양이다.

에레크테이온(Erechtheion) 신전

아크로폴리스에서 파르테논보다 더 매력적인 건물은 단연 에레크테이온이다. 파르테논과 일부러 차별화한 듯 기둥 양식도 이오니아식이다. 파르테논에 비해 상대적으로 우아한 여성미를 자랑한다. 실제로 파르테논 감상에 약간의 싫증을 느낄 즈음 옆쪽으로 훨씬 잘 정리된 구조의 건축물이 눈에 들어왔다. 마침 햇빛을 가득 받아 빛을 발하고 있었다. 황홀한 아름다움을 내뿜고 있는 듯했다. 사진을 찍으니 멋진 구도가 나왔다. 나중에 그림으로도 그리고 싶었다.

기원전 406년 완성됐다고 한다. 건물을 떠받치고 있는 6개의 아름다운 조각상이자 기둥, 즉 여상주(女像柱)가 인상적이다. 하지만 내가 실제 신전에서 본 것은 모조품이다. 진품은 부근 아크로폴리스 박물관에서 볼 수 있다. 이 여인상 역시 5개는 아크로

에레크테이온 신전

폴리스 박물관에, 나머지 하나는 대영박물관에 소장돼 있다. 에 레크테이온 신전은 아테나 여신뿐 아니라 바다의 신 포세이돈 에게 헌정된 신전이다. 파르테논보다는 조금 늦게 건축되었지만 거의 동시대 신전이라고 할 수 있다.

이 구조물이 여성미를 간직한 것은 그곳에 이오니아식 기둥을 사용했기 때문만은 아니다. 에레크테이온은 사방이 각기 다른 모습으로 되어 있다. 동쪽 면은 기둥으로만 구성된 파르테논 형식이지만 북쪽 면은 벽식 구조이다. 밋밋한 벽면의 단조로움을 예술적으로 끌어올리는 것이 여상주가 위치한 발코니이다. 발코니를 만들고 그 기둥을 여인상으로 조각한 것이다.

살아 움직일 것 같은 자연스러운 자세며 세밀한 옷자락 주름 표현, 그 속으로 살짝 드러나 보이는 여체의 아름다운 곡선. 엄숙하고 웅장한 파르테논과 결이 다르다. 여인상의 약한 목 부분 대신 뒷머리를 이용해 하중을 지탱하도록 한 지혜가 엿보였다. 발코니 벽면은 화려하지 않고 소박하게 마무리돼 있었다. 여상주들이 더욱 도드라져 보이도록 하기 위한 설계자, 그 시절 작가의 의도였으리라.

파르테논과 에레크테이온을 마음껏 감상한 후 언덕 가장자리를 따라 걸으면서 아테네 시내를 조망했다. 바로 아래로 원형극장이 보였다. 디오니소스* 극장이다. 좀 더 멀리 시내 쪽으로 제우스 신전과 히드리아누스 문이 한눈에 들어왔다. 계단 길을 따라 내려갔다. 바닥이 대리석이라 조금 미끄러웠지만 전천후 트레킹화 덕분에 별 어려움이 없었다.

디오니소스 극장은 반원형의 극장이다. 무대 밑에 술의 신 디오니소스의 생애를 묘사한 조각이 새겨져 있다고 해서 붙여진 이름이다. 원래 흙으로 만든 것을 기원전 4세기에 석조로 다시 만들어 최초의 석조 극장이 되었다. 객석 맨 앞줄은 귀족용, 뒤쪽은 서민용이었다고 한다.

***디오니소스**(Dionysos)는 포도나무와 포도주의 신이며 풍요의 신이자 황홀경의 신이다. 카드모스와 하르모니아 여신의 딸 세멜레와 제우스의 아들이다. 로마 신화의 바쿠스(Bacchus)에 해당한다. 디오니소스는 여느 신과 다르다. 더 인간적이고 더 잔혹하다. 제우스의 넓적다리에서 탄생했다. 광기의 신이자 해방의 신. 리베르(자유)의 신이다. 자신의 광기를 기꺼이 받아들이는 여자들에겐 황홀경 속에서 춤을 추는 법열의 순간을 선사한다.

조르바와 춤을

Erechtheion
Hyo

도심에서 그리 멀지 않은 곳에 아테네 경기장이 있다. 1896년 제1회 올림픽이 열린 곳이다. 기원전 331년 '판 아테나 축제' 때 사용된 경기장을 복원한 것이다. 이곳은 근대 올림픽의 발상지이다. 입구에는 근대 올림픽의 창시자인 피에르 드 쿠베르탱의 부조가 새겨져 있다. 수용인원 5만여 명. 대리석으로 만들어졌으며 말발굽 형태를 하고 있다. 경기장 벽면에는 역대 올림픽 개최지가 그리스어로 새겨져 있다. 물론 '서울'도 있다.

한 가지 믿거나 말거나 하는 얘기가 있다. 고대 올림픽에 출전하는 선수는 모두 나체였다는 얘기다. 관중들도 마찬가지였다고 한다. 그래서 선수와 관중은 모두 남자뿐이었다는 것이다. 과연 그랬을까. 그때 그 시절엔 그럴 수도 있겠다 싶기도 하다. 그야말로 원시를 막 벗어난 고대(古代) 아닌가.

기원전 6세기 무렵 신들의 제왕 제우스에게 바쳐진 신전이다. 104개나 되는 코린트 양식 기둥이 떠받치던 위엄 있는 신전이었다. 그러나 4세기경 고트족의 침범으로 지금은 104개 기둥 중 15개만 남아 있다.

바로 옆의 아치형 문은 로마 황제 하드리아누스의 문으로 2세기에 건축됐다. 아치형 문 사이로 멀리 아크로폴리스 언덕과 파르테논 신전이 보인다. 문 앞쪽에는 '아테네는 테세우스의 땅이다'라는 문구가 적혀 있고, 반대쪽에는 '이제는 하드리아누스의 땅이야'라는 문구가 새겨져 있다. 정복자와 빼앗긴 자, 역사는 그렇게 승자의 기록으로 남는다. 그리고 반복된다.

아테네에서 가장 높은 곳, 즉 아크로폴리스나 리카비토스 언덕에서 바라볼 때 가장 눈에 띄는 광장 같은 곳이 있다면 십중

팔구 이곳이다. 넓은 터에 반쯤 남은 신전과 그 주변으로 무너진 기둥이며 돌덩이로 둘러싸인 곳이다. 부서지고 흩어진 유적 하나하나마다 품고 있을 수천 년의 사연과 이야기를 상상하는 것만으로도 즐거운 일이다.

하드리아누스의 문

아고라는 '시장', '광장'이라는 뜻이다. 현대 그리스에서는 주로 '시장'을 뜻하지만 고대에는 정치나 종교, 문화 등 모든 시설이 모여 있는 곳이라는 폭넓은 의미로 쓰였다. 주로 남성들이었지만 시민들은 이곳에서 상업 활동뿐 아니라 철학과 정치를 논하거나 정보를 교환했다. 소크라테스나 플라톤, 희극작가인 아리스토파네스와 역사가 헤로도토스도 이곳에서 자주 활동했다고 한다. 스토아학파 등도 여기서 탄생했다.

아고라 입구로 들어가자 8각형의 '바람신의 탑'이 보였다. 천문학자 안드로니코스가 1세기 무렵에 만든 것이다. 탑의 8면이 정확히 동서남북과 북동, 북서, 남동, 남서쪽을 가리키고 있다. 당시 해시계, 물시계, 풍향계의 기능을 했다고 한다.

내부 박물관에는 당시 생활상을 엿볼 수 있는 유물이 전시돼

고대 아고라(왼쪽으로 헤파이스토스 신전이 보인다)

있는데 고대의 동전이 눈길을 끌었다. 이곳에서 그나마 멀쩡히 남아 있는 건물은 복원된 아탈로스의 회랑밖에 없다. 인근에는 현지인들이 씨시오(Θησειο)라고 부르는 헤파이스토스의 신전이 거의 완벽한 형태로 남아 있다. 이곳에서 자라는 월계수는 멋진 풍광을 만들어 낸다.

부근 골목길에는 대부분 식당과 카페, 기념품점들이 자리 잡고 있었다. 아고라 구경을 거의 마치고 이곳을 통해 나오는데 갑자기 '쾅' 하는 폭발음이 들렸다. 사람들이 혼비백산하여 내 쪽으로 뛰어오고 있었다. 테러가 났음이 분명했다. 나도 본능적으로 몸을 돌렸다. 도주로와 은신처를 찾기 위해 머리를 굴렸다. 짧은 순간의 판단이 생사를 좌우하기 때문이다.

하지만 이내 상황이 정리되는 듯했다. 해프닝이었다. 누군가 폭죽으로 장난을 친 것 같았다. 순간이었지만 가슴을 쓸어내렸다. 과거 이집트 룩소르에서 들었던 관광객 집단 테러 참사와 이스라엘 예루살렘 카페에서 직접 겪었던 경험이 떠올랐기 때문이다. 물론 9·11 테러 직후에 아프가니스탄에서 밤새도록 나를 공포에 떨게 했던 폭격의 기억에 비하면 아무것도 아니었지만.

아테네의 또 한 군데의 높은 언덕인 리카비토스 언덕에 올랐다. 원래는 소나무 숲으로 둘러싸인 언덕에 늑대가 많이 살았기 때문에 '늑대의 언덕'이란 뜻의 리카비토스라고 명명되었다고 한다. 해발 277미터의 낮은 언덕이다. 아크로폴리스 언덕을 제외하고 아테네 전체가 평지이기 때문에 이 언덕만 유독 도드라져 보인다.

구불구불한 계단식 오솔길을 30분 정도 올라갔다. 숨이 거칠어지고 몸이 땀으로 범벅이 됐을 때쯤 아테네 전경이 펼쳐졌다. 시각은 일몰 직전이었다. 정상을 코앞에 둔 전망 좋은 계단에는 세계 각국에서 온 여행객과 아테네 시민들이 자리를 잡고 앉아 있었다. 그들은 아크로폴리스 언덕의 파르테논 신전과 그 너머로 붉게 물든 석양을 바라보고 있었다.

신화에 따르면 아테나 여신이 아크로폴리스를 지키는 성을 만들기 위해 가져온 돌이 언덕이 됐다고 한다. 언덕을 걸어서 정상에 이르면 19세기에 세워진 아기오스 게오르기오스 성당과 전망대가 나온다. 아테네 시가지뿐 아니라 에게해까지 한눈에 들어온다.

석양이 지면서 파르테논 신전에 하나둘 불이 들어왔다. 이내 전체가 노란색 불빛의 성채가 되어 멋진 장면을 연출했다. 아테네 야경을 찍은 그림엽서에서 많이 봤던 바로 그 광경이었다. 나도 연신 카메라 셔터를 눌러댔지만 내가 기대하는 '작품'은 나오지 않았다. 원경이고 주위가 너무 어두웠다. 그냥 엽서 한 장 사는 편이 낫겠다 싶었다.

분지라는 아테네의 지형적 특성 때문에 이른 아침 이곳을 오르면 환상적인 스모그를 감상할 수 있다고 한다. 환상적인 스모그라니! 여행객 모집을 위한 팁이겠지만 좀 너무했다 싶었다. 나는 그렇게까지 해서 보고 싶은 광경은 아니라고 생각했다.

리카비토스 언덕에서 바라본 아테네

수니온곶

대서사시 『오디세이아』를 쓴 시인 호메로스는 에게해를 '포도
주색 바다'라고 묘사했다. 아름다운 노을과 검푸른 수평선을 감
상할 수 있는 곳이 바로 수니온곶이다. 아테네에서 남동쪽으로
69킬로미터 떨어진 곳이다. 깎아지른 절벽 위에 올라 푸른색에
서 점점 짙은 적포도주 빛으로 물드는 에게해와 하얗게 부서지
는 파도를 볼 수 있다.

절벽 위에는 균형이 잘 잡힌 포세이돈 신전이 세워져 있다. 기
원전 480년경 페르시아군의 침공으로 파괴돼 지금은 15개의 도
리아식 기둥만 남아 있지만, 해 질 녘 붉게 물든 하늘을 배경으
로 서 있는 포세이돈 신전은 황홀경에 빠지게 한다. 기둥 주변에
는 이곳을 방문한 사람들이 낙서로 흔적을 남겼다. 시인 바이런

의 낙서도 남아 있다. 그러나 지금은 신전 안으로 못 들어가게 돼 있어 확인할 길은 없었다.

아테네에서 수니온곶까지 자동차로 한 시간 반 정도, 버스로 두 시간 정도 소요된다. 아름다운 해안선을 볼 수 있는 코스와 내륙 전원 마을을 볼 수 있는 코스 두 개가 있다.

에게해 이름의 유래

이곳에도 비극적인 신화가 얽혀 있다. 지혜의 영웅 테세우스가 크레타 미로 궁전의 괴물 미노타우로스를 죽이기 위해 출항할 때 아테네의 왕 아이게우스는 아들 테세우스에게 "성공해 살아서 돌아오거든 지금 달고 가는 검은 돛을 흰 돛으로 바꾸어 달고 오라"라고 당부했다.

하지만 테세우스가 미노타우로스를 죽이고 귀환할 때 아버지의 당부를 깜빡 잊었고, 검은 돛을 본 아이게우스 왕이 비탄에 잠겨 이곳에서 투신해 죽었다. 이로 인해 '아이게우스의 바다'로 이름 붙여졌고, 이것이 '에게해'라는 이름의 유래가 되었다.

사실 앞뒤가 잘 안 맞는 얘기다. 그리고 답답한 얘기다. 물론 신화이기에 그러하리라. 하지만 왜 그리 결과 확인을 서둘렀을까. 흰 돛이든 검은 돛이든 조금만 더 기다렸으면 정확한 사실을 알 수 있었을 텐데. 왜 그리 조급했을까. SNS 등으로 실시간으로 돌아가는 요즘 시대에도 이 신화는 교훈이 될 수 있을 것 같다.

허상(SNS상의 흑색선전, 가짜 정보, 오보 등)을 보고 실체라고 판단해 버리는 우를 범하지 말기를.

우리나라에도 비슷한 얘기가 있다고 들은 적이 있다. 백일홍과 관련된 전설이다. 옛날 어느 지방 어촌의 한 처녀가 이무기에게 제물로 바쳐질 운명이었다. 그때 어디선가 용사가 나타나 이무기를 죽이고 처녀를 구했다. 처녀는 은혜를 갚으려고 용사에게 혼인을 청했는데 용사는 "지금 전쟁터에 나가는 길이니 100일만 기다려 달라. 만약 배의 깃발이 흰 깃발이면 이겨서 살아 돌아오는 것이요, 붉은 깃발이면 주검으로 오는 줄 알라"라고 했다.

100일 후 용사가 탄 배가 나타났으나 붉은 깃발이었다. 그것을 본 처녀는 절망해서 그만 자결하고 말았다. 그러나 사실은 용사의 피가 흰 깃발을 붉게 물들인 것이었다. 그 뒤 처녀의 무덤에서 꽃이 피어났는데, 백일기도를 하던 처녀의 넋이라 하여 백일홍이라고 불렀다는 전설이다.

신화와 전설은 결국 인간 삶의 이야기다. 소설이나 영화가 없던 시대, 상상과 실제 삶이 뒤엉켜 그럴듯한 이야기로 태어난 것이다. 선악과 희로애락이 있고 영웅과 초월적 존재가 있다. 무엇보다 교훈과 메시지가 있다. 역사에 허구와 살이 붙여져 전설이 되고, 전설은 다시 신화가 되는 것은 아닐까. 혹은 그 반대이거나.

조르바와 춤을

나는 그런 점에서 신화와 전설과 역사를 생각해 볼 수밖에 없었다. 따지고 보면 그리스 신화가 철학과 역사학의 출발점이 된 것도 신화라는 바탕이 있었기 때문이라는 생각이 들었다.

다프니(Dafni)

아테네에서 서쪽으로 10킬로미터 정도 떨어진 작은 마을 다프니. 이곳에는 남부 그리스에서 가장 아름답다는 수도원이 있다. 또 7월 중순부터 9월 초까지 열리는 와인 축제로 유명하다. 축제에서는 전통 방식대로 포도를 발로 짓밟아 만드는 포도주 제작 과정을 시연한다. 음악도 곁들여지는 흥겨운 축제로 이 기간 아테네를 방문하는 여행객이면 한번쯤 들러볼 만한 곳이다.

2장

산토리니(Santorini)
하양과 파랑에 눈이 부시다

#피라 #이아 #페리사 #아크로티리

바다. 가을의 따사로움. 빛에 씻긴 섬. 영원한 나신(裸身) 그리스 위에 투명한 너울처럼 내리는 비. 나는 생각했다. 죽기 전에 에게해를 여행할 행운을 누리는 사람에게 복이 있다고.

여자, 과일, 이상……. 이 세상에 기쁨은 얼마든지 있다. 그러나 이렇게 따사로운 가을날 작은 섬들의 이름을 하나하나 읊으며 바다를 헤쳐 나가는 것만큼 사람의 마음을 쉬 천국에다 데려다 놓는 기쁨은 없다.

_니코스 카잔차키스. 『그리스인 조르바』 중에서

아테네에서 남쪽으로 한 시간여를 날아가자 마치 아기공룡 둘리를 연상케 하는 모양의 섬이 나타났다. 에게해 키클라데스 제도의 최남단에 있는 화산섬 산토리니이다.

해안을 따라 계단처럼 늘어선 하얀 건물들. 눈부신 셀루리안 블루의 교회당 두오모가 온통 하얀 집들과 조화를 이루며 그리스의 낭만을 떠올리게 한다. 영화나 TV 광고에서나 보던 바로 그 섬이다. 원래부터 경관이 빼어난 섬이다. 그리스 말로 '티라(Thira)'라고 불린다.

기원전 1500년경 대규모 화산 폭발로 섬의 가운데 부분이 가라앉아 지금과 같은 초승달 모양의 섬이 되었다고 한다. 그 모양이 마치 앞발을 모으고 있는 아기공룡 같기도 하다.

산토리니는 고대 키클라데스 문명이 번성했던 곳이기도 하다.
이러한 이유 때문에 어느 날 갑자기 사라진 전설의 대륙 아틀란
티스가 이곳이라는 설도 있다. 이런 설화를 뒷받침하듯 아크로
티리(Acrotiri) 유적에서는 과거의 화려한 면모를 찾아볼 수 있다.

산토리니는 서쪽 가운데가 패여 남북으로 가늘고 길게 뻗은 형태이다. 산토리니의 중심지인 피라는 산토리니 공항의 활주로 서쪽에서 멀지 않은 곳에 있다. 시내에 들어서면 항구와 이아(Oia) 등을 오가는 버스 정류장이 있고, 여기서 조금 위쪽으로 걸어 올라가면 테오토코풀루 광장(Theotokopoulou Square)이 나온다.

테오토코풀루 광장은 여행사와 항공사, 카페, 상점 등이 몰려 있는 산토리니섬의 가장 번화한 지역이다. 25 마르티우(Martiou) 거리와 아기우 미나(Agiou Mina) 거리 중간에 있다. 낮에는 비교적 한가해 보이지만 식당, 상점들의 불이 켜지는 밤이면 세계 각국의 관광객들로 붐빈다.

오후에 도착한 나는 공항에서 차를 빌리고 호텔을 찾아 짐을 내려놓은 뒤 곧바로 피라 중심부를 찾았다. 호텔에서 자동차로 불과 5분 거리였다. 이곳에서 오징어샐러드로 간단한 식사를 한 뒤 더 위쪽으로 걸어 올라갔다. 골목길을 따라 무언가에 이끌리듯 이리저리 걸어 다녔다.

해안 쪽으로 케이블카 정거장과 고고학박물관이 있었다. 온통 파랑과 하양으로 조화를 이룬 바로 그 풍경. 나는 그 속으로 빨려 들어갔다. 사진을 찍으면 그 자체가 그림엽서이고 광고사진이었다. 미디어에서 그렇게 많이 접했던 색깔, 이른바 '산토리니 컬러' 속에 내가 있었다.

하얀 집 계단에 앉아 멍하게 바다를 바라보았다. 짙은 남색의 인디고블루. 파도가 없는 바다는 육중하게 꿈틀거렸다. 멀리 오디세우스의 배가 지나던 자리에 흰색 유람선이 떠가고 있었다. 다시 마을을 응시했다. 눈이 부셨다. 파랑과 하양, 그리고 그것을 비추는 햇빛은 내 그리움의 삼원색이라도 되는 것일까. 내 마음의 심연에 황홀한 추상화가 그려졌다.

문득 조르바가 곁에 있음을 느꼈다. 그가 중얼거렸다.

"이봐, 행복의 느낌이며 예술적 감성이란 게 별거 있어? 지금이 바로 그 순간이야. 잊지 말고 가슴에 새겨두라고."

강은 지나가지만
바다는 지나가고도 머문다.

조르바와 춤을

파랑과 하양. 눈부신 산토리니 컬러

바로 이렇게 변함없으면서도
덧없이 사랑해야 한다.
나는 바다와 결혼한다.
– 알베르 까뮈 『결혼, 여름』 중에서

깎아지른 절벽 해안 아래 옛 항구까지는 계단으로 이어졌다.
걸어서 혹은 당나귀를 타고 오갈 수도 있다. 10여 마리의 당나
귀들이 손님을 기다리고 있었다. 당나귀가 등장하는 풍광은 멋
지지만 종일 계단만 오르락내리락하는 당나귀들의 신세가 왠지
처량해 보였다. 안 그래도 동물보호단체 등에서는 이곳의 당나
귀 문제를 동물 학대라고 지적하고 있다고 한다. 당나귀 대신 케
이블카를 이용할 수도 있었지만 나는 그냥 천천히 걸어서 다녔
다. 아직은 튼튼한 두 다리가 새삼 고마웠다.

당나귀를 보니 그리스 신화에 등장하는 번식과 다산(多産)의
신, 프리아포스(Priapus)가 떠올랐다. 조르바의 모습과 함께 겹쳐
지면서 나도 모르게 피식 웃음이 나왔다. 항상 발기된 상태의 거
대한 남근을 지닌 프리아포스는 외설스러움을 상징한다. 프리
아포스의 기형적인 성기는 그의 어머니 아프로디테의 아름다움
을 질투한 헤라의 작품이었다. 그의 아버지는 디오니소스라고도
하고 아도니스라고도 한다. 아들의 흉측한 모습이 창피스러웠던
아프로디테는 갓난아기인 프리아포스를 내다 버렸다. 하지만 아

조르바와 춤을

옛 항구를 오가는 당나귀들

이의 야생적인 강인함을 높이 산 목동들이 그를 거두어 길렀다.

프리아포스는 호기심 많은 세상의 눈길을 피해 무화과나무 속에 깃들어 살면서 과수원을 돌보는 일을 했다. 거대한 성기를 가졌음에도 불구하고 그는 성애의 쾌락도 다산의 즐거움도 누리지 못했다. 기회가 있었지만 실패했다.

프리아포스가 불과 화로의 여신 헤스티아에게 반해 어느 날 밤 그녀를 몰래 겁탈하려고 했다. 그러나 그 순간 헤스티아 곁에 있던 당나귀가 우는 바람에 들통나고 말았던 것이다. 이러한 이유로 프리아포스는 사람들에게 제사에 올리는 제물로 오로지 당나귀만 바칠 것을 요구했다고 한다. 반면 헤스티아 여신의 축제 때는 겁탈을 막아준 보답으로 사람들이 당나귀들에게 화관을 씌우고 일을 시키지 않았다고 한다.

"웃을 일이 뭐 있어요, 두목? 내게 아저씨 한 분이 있었는데 어느 날 길을 가다 다 죽어가는 늙은 노새 한 마리를 보았어요. 죽으라고 산에다 갖다 버린 놈이었어요. 우리 아저씨는 그놈을 집으로 데려왔습니다. 이 양반은 아침마다 노새를 데리고 나가 풀을 뜯기고 밤이면 다시 집으로 몰고 들어왔어요. 어느 날 마을 사람 하나가 아저씨와 노새가 지나가는 걸 보고 있다가 소리를 질렀습니다. '이것 보게, 하랄람보스! 아 그 늙어 빠진 걸 어디에다 쓰려고 그러는가?' 우리 아저씨 왈, '이건 내 공장일세, 똥거름 공장!' 그래요, 두목, 내 수중에

만 들어오면 수도원은 기적의 공장이 될 겁니다."

"여자에 대한 봉사를 거절하고 도망간 놈은 이 땅에 뭘로 태어날 것 같으세요? 노새, 노새가 되죠."

"누가 압니까요? 오늘날 우리가 보는 노새라는 노새는 모조리, 전쟁에 봉사의 의무를 저버리고 도망친 남자와 여자들, 남자이면서 남자 노릇을 거절하고, 여자이면서 여자 노릇을 거절한 것들인지? 그래서 이것들이 항상 뒷발길질을 하는 겁니다. 자, 이에 대해선 어떻게 생각하시오?"

_니코스 카잔차키스, 『그리스인 조르바』 중에서

조르바와 춤을

전날 저녁에 그리스 전통주 우조를 몇 잔 마셔서 그랬는지 잠을 푹 잔 듯했다. 설렘 속에 산토리니의 첫날 밤은 그렇게 지나갔다. 다음 날, 나는 쏟아져 들어오는 햇빛을 받으며 기분 좋게 기지개를 켰다. 창문을 열자 에게해의 부드러운 바람이 온몸을 감싸 안아주었다. 멀리 보이는 섬들 사이로 신화 속 이야기들이 어른거리는 것 같았다.

나는 종일 차를 타고 섬 전체를 돌아보기로 했다. 따로 정해놓은 계획은 특별히 없었다. 스스로 결정하면 될 일이었다. 외롭고 위험하지만, 혼자서 하는 여행은 그래서 좋다. 온전한 자유를 누릴 수 있다. 조르바가 추구했던 바이기도 하다.

조식을 먹을 수 있는 식당은 3층으로 된 호텔의 2층에 있었다. 이른 시간이라 그런지 사람이 별로 많지 않았다. 식당은 양쪽이

모두 커다란 창문으로 돼 있어 시야가 탁 트여 있었다. 한쪽은 바다, 다른 한쪽은 섬의 중심부가 보였다. 양쪽 모두 한 폭의 그림 같은 장면이었다. 창틀은 충분히 훌륭한 액자가 되었다.

입이 즐겁고 눈까지 호강이었다. 신선한 오렌지 주스와 양파, 토마토를 잔뜩 넣은 에그화이트오믈렛으로 멋진 조식을 즐겼다. 이제 강렬한 청백 건물들로 꾸며진 이 멋진 섬을 구석구석 걸어볼 일만 남았다. 날씨는 쾌청하고 바람까지 선선했다. 비록 혼자였지만 또 다른 나와의 동행이었으므로 외롭지 않았다. 무엇보다 나는 자유로웠다.

인간의 영혼이란 어떤 기후, 어떤 침묵, 어떤 고독, 어떤 무리 속에 있는지에 따라 얼마나 달라지는지!

_니코스 카잔차키스, 『그리스인 조르바』 중에서

나는 차를 몰아 섬의 정상까지 갔다. 가는 동안 온 사방으로 펼쳐지는 마을들과 에게해의 풍광은 그 자체로 감동이었다. 도중에 정상 부근에 있는 마을 두 군데를 들렀다. 형태는 모두 비슷했다. 복잡하고 좁은 골목으로 흰색 집들과 파란색 두오모의 교회들이 있었다. 집 대문들은 빛바랜 초록, 연두, 마린 블루 등의 색깔로 꾸며져 수채화 같은 느낌을 주었다. 눈에 보이는 모든

조르바와 춤을

곳이 영화 속 한 장면 같았다.

가파르고 구불구불한 길을 올라가다 보니 어느새 정상이었다. 그곳에는 허름한 건물 하나와 팻말이 있었다. 트레킹을 위한 지명과 거리, 시간 등을 안내하는 표지판이었다. 두세 갈래의 트레킹 코스가 있었는데 꽤 힘들어 보였다. 무엇보다 그늘이 없어 트레킹 하기가 쉽지 않아 보였다.

소형차여서 그랬는지 차 문을 여는 순간 문짝이 날아갈 듯이 확 꺾였다. 나는 놀라서 황급히 문을 붙잡았다. 웬만한 자동차 문짝은 금방이라도 날려버릴 것 같은 광풍이 세차게 불었다. 나는 그 바람을 맞으며 섬 전경과 바다를 조망했다. 재킷이 터질 듯 빵빵하게 부풀어 올랐다. 몸을 가누기조차 힘들었지만 기분은 상쾌했다.

그렇게 한참을 바람 속에 서서 풍경을 감상했다. 그러다가 다시 차를 몰아 동쪽 해안으로 향했다. 검은 모래가 깔린 넓고 깨끗한 페리사 해변이다. 주변에 캠핑장과 호텔, 타베르나 등이 즐비했지만 대부분 파장 분위기였다. 아마 비성수기라 그런 것 같았다. 나는 밀려오는 파도를 피해 가며 해변을 걷기도 하고 앉아서 검은 콩돌(콩처럼 반질반질한 검은색 돌)들을 손에 쥐었다 놓았다 하기도 했다. 동심으로 돌아간 기분이었다. 부는 바람에 가끔 바닷물이 얼굴에 튀었다.

2005년에 시인들과 몽산포 해변에 간 적이 있다. 1.5리터짜리 시바스 리갈(Chivas Regal)에 거나하게 취해 바람 부는 서해를 마주했을 때다. 시인들과 함께 있어서였을까. 나도 모르게 떠오른 시상이랍시고 흰소리를 떠들어댔다. 그날 이후 내겐 '몽산포 시인'이라는 별명이 하나 더 붙었다. 어쨌든 술에 취해 한순간에 읊조린 시는 다음과 같다.

바다는 하늘이다

홍윤오

바람이 분다.
바다가 침을 뱉는다.
카르르~ 퉤.

해가 저문다.
바다가 술을 삼킨다.
싸르르~ 꿀꺽.

술 한 잔에
벌겋게 노을이 진다.
하늘이 미소를 짓는다.

조르바와 춤을

문득 백령도 해변의 고운 콩돌들도 떠올랐다. 어느 콩돌들은 신화의 흔적이 묻어 있는 세계적 관광지에서, 어느 콩돌들은 살벌한 분단의 대치점에서 살고 있었다.

시간적 여유가 있으면 네아 카메니(Nea Kameni) 활화산도 보고 팔레아 카메니(Palea Kameni) 온천도 경험할 수 있다. 하지만 일정이 빡빡해서 이 두 섬에는 들르지 못했다.

두 곳 모두 본 섬인 티라(산토리니) 서쪽 바다에 떠 있는 새끼 섬이다. 네아 카메니에서는 활화산 주변을 트레킹할 수 있다. 팔레아 카메니에서는 흘러내린 온천수로 따뜻해진 바다 온천을 즐길 수 있다. 이 섬들에서는 거꾸로 산토리니의 서쪽 면 전체를 조망할 수 있다. 마치 마라도나 가파도에서 제주도와 한라산을 감상하듯이.

비록 시간이 여의치 않아 두 섬에는 가보지 못했지만 다음을 기약하며 여분으로 남겼다. 평생 한 번 갈까 말까 한 남아프리카 희망봉도 어쩌다 보니 세 번씩이나 가지 않았던가. 그동안 이곳저곳 여행을 하면서 깨달은 한 가지 생각이 있다. 인연은 사람에만 있는 것이 아니라 장소에도 있다는 것이다.

남서쪽 끝으로 향했다. 외진 해안가엔 고급 리조트와 레스토랑이 있었고, 그 끝단에는 아크로티리 등대(Akrotiri Lighthouse)가 있었다. 등대 주변에는 여남은 마리의 염소를 방목하고 있었다. 그곳에서 바라보는 산토리니섬의 전체 풍경 역시 일품이었다.

초승달의 아래쪽 끝에서 위쪽 끝을 바라보는 상상을 해보았다. 왼쪽으로 작은 화산섬들이 보이고 오른쪽에 길게 늘어선 해안을 따라 군데군데 마을이 보였다. 멀리 북쪽 끝에 보이는 흰색 선이 이아마을이다. 하얀색 집들이 얼핏 보면 만년설로 이루어진 흰색 띠처럼 보이기도 했다.

에게해는 그 푸르름이 짙다 못해 검푸르게 보였다. 말 없는 위엄을 간직하고 있는 신비의 바다 같았다. 가벼운 출렁거림이나 파도조차 없이 그저 묵직하게 천천히 일렁였다. 아주 낮은 저음으로 내게 무언가를 속삭이는 것처럼 느껴졌다.

거센 바람이 불었다. 하지만 살을 에이거나 뼛속까지 파고드는 한기가 없었다. 부드러운 온기를 품은 바람은 제 모습을 드러내는 대신 윙윙하는 소리만 들려줬다. 풀잎들은 춤추는 광고용 풍선 인형처럼 누웠다 일어나기를 반복하며 바람에 화답했다.

나는 바람을 마주한 채 그곳에 섰다. 두 팔을 벌리고 눈을 감았다. 순간 나 자신이 조르바가 된 듯한 환상에 빠졌다. 아니 스스로 조르바가 되었다. 혼연일체(渾然一體). 에개해의 바람을 맞으며 자유를 갈망하던 그 조르바가 된 것이다. 그리스를 찾은 두 가지 목적 중의 하나가 실현되는 순간이었다. 조르바와의 영혼 합일. 바로 지금, 그것이 이루어졌다. 합일의 순간에 나는 청정한 본성에 이르는 이른바 송과체(松果體) 각성을 경험한 듯했다. 서양철학에서 말하는 이데아, 유교식으로는 허령지각(虛靈知覺), 불교식으로는 공적영지(空寂靈知), 성성적적(惺惺寂寂)의 자리이다.

'내려놓고 비워놓고 맑아진다는 것이 바로 이런 것이구나!'

순간 깨달았다. 성균관대 권기헌 교수가 늘 강조하는 '고요함, 텅 빔, 밝은 알아차림'의 순간이 바로 이런 것인가. 그는 고요함의 순수의식이 텅 빔으로 이어지고, 이는 다시 밝은 알아차림의 심층 마음으로 존재한다고 설명한다. 조르바는 어쩌면 권 교수가 말하는 그 심층 마음의 한 단면을 보여준 인물일 수 있겠다는 생각이 들었다.

우리는 술잔을 부딪치고 포도주를 음미했다. 토끼 피처럼 붉은, 기막힌 맛의 크레타 포도주였다. 그것을 마시면 지구의 피와 교감하여 무슨 도깨비 같은 것이 되는 느낌이다. 혈관에는 힘이 넘쳐흐르고 가슴은 선한 마음으로 가득 차오른다. 양이었던 사람은 사자가 된다. 인생의 슬픔은 잊히고 고삐는 사라진다. 인간과 짐승과 하느님과 연결되어 우주와 하나가 되었다고 느낀다.

우리는 마시고 양고기를 깨끗이 먹어 치웠다. 그러고 나니 세상이 좀 더 밝아진 것 같았다. 바다는 푸근해 보였고 대지는 배의 갑판처럼 일렁거렸으며 갈매기 두 마리가 마치 사람들처럼 뭐라고 서로 재잘거리며 자갈밭을 걸어갔다.

나는 일어섰다.

"조르바! 이리 와보세요! 춤 좀 가르쳐 주세요!"

"브라보, 젊은이! 종이와 잉크는 지옥으로나 보내 버려! 상품, 이익 좋아하시네! 광산, 인부, 수도원 좋아하시네! 자, 젊은 양반, 당신이 춤도 출 줄 알고 내 언어를 배웠으니, 이제 우리가 서로 나누지 못할 이야기가 어디 있겠소!"

"두목! 당신에게 할 말이 아주 많소. 사람을 당신만큼 사랑해 본 적이 없어요. 하고 싶은 말이 쌓이고 쌓였지만 내 혀로는 안 돼요. 춤으로 보여 드리지! 자, 갑시다!"

_니코스 카잔차키스, 『그리스인 조르바』 중에서

그리스 영화감독 미할리스 카코야니스의 영화 〈그리스인 조르바〉의 마지막 장면이 떠올랐다. 영화 속 조르바인 배우 앤서니 퀸이 두 팔을 벌리고 산투르 반주에 맞춰 시르타키(전통 춤인 하사피코를 현대적으로 재해석한 춤) 춤을 멋들어지게 추고 있었다. 처음에는 잔잔하고 느린 템포로 시작해 점점 거세고 빨라지는 그리스풍 배경음악도 귓가를 맴돌았다. 음악은 그리스 국민 작곡가이자 반독재 저항의 상징인 미키스 테오도라키스의 작품이다. 그의 또 다른 대표작 〈기차는 8시에 떠나고〉는 내가 우울할 때 마음을 적셔주는 위로의 음악이다.

그는 공중으로 뛰어올랐다. 팔다리에 날개가 달린 것 같았다. 바다와 하늘을 배경으로 한 채 온몸을 던져 위로 솟구쳐 오르는 모습이 흡사 반란을 일으킨 대천사처럼 보였다. 그는 하늘에다 대고 이렇게 외치는 것 같았다. "전능하신 하느님, 당신이 날 어쩔 수 있다는 것이오? 죽이기밖에 더하겠소? 그래요, 죽여요. 상관 않을 테니까. 나는 분풀이도 실컷 했고 하고 싶은 말도 실컷 했고 춤도 실컷 추었으니……."

조르바와 춤을

아크로티리 등대

조르바가 춤추는 것을 보고 있으니, 인간이 자신의 무게를 이기기 위해 펼치는 그 환상적인 몸부림이 처음으로 이해되었다. 나는 조르바의 끈기와 그 날램, 긍지에 찬 모습에 감탄했다. 그의 기민하고 맹렬한 스텝은 모래 위에다 인간의 신들린 역사를 기록하고 있었다.

_니코스 카잔차키스, 『그리스인 조르바』 중에서

조르바가 춤을 좋아하는 것은 결국 작가의 생각이다. 니코스 카잔차키스는 프리드리히 니체와 앙리 베르그송, 호메로스, 요르기오스 조르바스 같은 사람들이 자신의 영혼에 깊은 흔적을 남겼다고 했다. 그 외에 『신곡』을 쓴 단테나 불교철학도 니코스 카잔차키스의 정신세계에 많은 영향을 끼쳤다.

그중 니체가 『차라투스트라는 이렇게 말했다』에서 춤에 대해 언급한 대목은 조르바의 춤과 관련한 어떤 시사점을 제공한다. 니체는 이 책에서 "운명을 사랑하면 비로소 춤을 출 줄 안다. 차라투스트라는 춤추는 자다"라고 말했다. 이 또한 '아모르 파티', '카르페 디엠' 혹은 '메멘토 모리'에 관한 언급으로 해석할 수 있는 것이다. 한 단어로 줄이면 바로 '인간애(愛)'와 '자유'이다.

그렇다. 내가 뜻밖의 해방감을 맛본 것은 정확하게 모든 것이 끝난 순간이었다. 마치 어렵고 어두운 필연의 미로 속에 있다가 자유가 구석에서 행복하게 놀고 있는 걸 발견한 것 같았다. 나는 자유의 여신과 함께 놀았다.

모든 것이 어긋났을 때, 자신의 영혼을 시험대 위에 올려놓고 그 인내와 용기를 시험해 보는 것은 얼마나 즐거운 일인가! 보이지 않는 강력한 적 ― 혹자는 하느님이라고 부르고 혹자는 악마라고 부르는 ― 이 우리를 쳐부수려고 달려온다. 그러나 우리는 부서지지 않는다.

_니코스 카잔차키스, 『그리스인 조르바』 중에서

등대 구경을 마친 후 오는 길에 보았던 해안가 레스토랑에 들렀다. 부자가 함께하는 노포(老鋪) 해물 요리 레스토랑이었다. 주인이 직접 갓 잡은 생선과 해물로 요리를 한다. 나는 그리스식 샐러드와 정어리요리, 파스타와 와인을 주문했다.

정어리요리라고 별건 아니다. 올리브유를 듬뿍 넣고 잘 튀긴 정어리를 레몬과 함께 곁들이는 요리이다. 거기에 올리브유를 추가로 더 발라 먹기도 한다. 우리나라의 양미리구이, 큰멸치구이 정도 되려나. 에게해를 바라보며 화이트와인과 함께 먹는 정어리튀김이며 그리스식 샐러드의 맛은 그 운치만큼이나 잊을 수 없는 추억이다.

사실 지중해 요리는 간단하면서도 건강식이다. 신선한 해물과 야채에 올리브유와 마늘, 발사믹소스, 소금 정도만 있으면 된다.

여기에 갓 구운 빵과 치즈, 허브까지 더해지면 근사한 식사가 완성된다. 천지에 널린 올리브와 오렌지, 그리고 와인까지 곁들이면 세상 부럽지 않은 정찬이다.

조르바와 춤을

이아(Oia)는 산토리니섬의 북쪽 끝에 위치한 작은 마을이다. 마을을 찾은 관광객에게 파란 지붕의 교회와 하얀 벽의 집들이 오밀조밀 늘어선 멋진 풍경을 선물한다. 석양이 특히 아름답기로 소문나 있어서 광고에서도 자주 볼 수 있다.

작은 골목길 사이로 타베르나들이 들어서 있다. 나는 화산섬이 보이는 전망 좋은 타베르나에 들러 와인 한 잔을 주문했다. 마침 노을이 붉게 타오르고 있었다. 바다가 벌겋게 달아오른 태양을 서서히 삼키고 있었다. 하늘의 커튼이 드리워지는 시간이다. 아름다운 노을을 본 적이 많았지만 이곳에서 바라본 노을은 더욱 특별한 느낌이었다. 오래도록 가슴에 담아두고 싶은 장면이었다. 문득 행복하다는 생각이 들었다.

"이쯤에서 사랑하는 이와 추억이 절로 떠오르지 않으면 인생 헛산 게야."

어디선가 조르바의 시큰둥한 질책이 들려오는 듯했다.

그리스의 Yes, No

영어의 Yes는 그리스어로 Nai[ne]이다. 한국어로 '네'와 비슷하다. No는 '오히'로 발음한다. 그러나 그리스에서는 고개를 아래위로 끄덕이면 No를 뜻한다. 운전기사에게 행선지를 물었을 때 아래위로 고개를 끄덕이면 No일 수 있으니, 제대로 다시 한번 확인을 해야 한다.

또 헤어질 때 손바닥을 쫙 펴서 흔들면 대단한 욕이 된다. 양손을 동시에 쫙 펴서 흔들면 그 욕이 배가 된다고 한다. 손가락을 모아서 입술에 댔다가 떼면서 '쪽' 소리를 내주면 아주 만족스럽다는 표현이다. 식당에서 이렇게 하면 음식이 아주 만족스럽다는 뜻이다.

3장

델포이(Delphoi)
하늘을 받치고 선 신탁의 성소(聖所)

가을바람이 불어왔다. 찢긴 구름은 천천히 대지 위를 달리며 그림자를
대지 위에 부드럽게 드리우고 있었다. 또 한 떼의 구름이 하늘 저쪽에서
일어났다. 태양이 구름 뒤로 들어갔다 나옴에 따라 대지의 표정은 살아
있는 얼굴처럼 밝아졌다가 어두워지곤 했다.

나는 한동안 모래 위에 서서 풍경을 바라보았다. 내 앞에는, 아직은 사막
처럼 매혹적이지만 필경은 죽음같이 무서운 신성한 고요가 기다리고 있
을 터였다. 붓다의 노래가 내가 선 대지에서 솟아나 내 존재의 심연으로
들어왔다.

'내 언제면 혼자, 친구도 없이, 기쁨과 슬픔도 없이, 오직 만사가 꿈이라
는 신성한 확신 하나에만 의지한 채 고독에 들 수 있을까? 언제면 욕망을
털고 누더기 하나만으로 산속에 묻힐 수 있을까? 언제면 내 육신은 단지
병이며 죄악이며 늙음이며 죽음이란 확신을 얻고 두려움 없이 숲으로 은
거할 수 있을까. 언제면, 오, 언제면?'

_니코스 카잔차키스, 『그리스인 조르바』 중에서

델포이는 그리스 중부의 대표적 유적지이다. 아테네에서 북서쪽으로 178킬로미터 떨어져 있는 이곳은 해발 500미터의 비교적 고지대이다. 델포이에서 멀리 보이는 눈 덮인 산은 해발 2,457미터의 파르나소스(Parnassos)산이다.

파르나소스산은 그리스 신화에 자주 등장한다. 오비디우스의 『변신 이야기』에 따르면 이곳은 특히 제우스가 없애버린 인류가 되살아난 곳이다. 최초의 인간들이 탐욕과 저주, 시기, 분노 등의 감정을 다스리지 못한 채 악행을 저지르자 제우스는 대홍수로 모든 인류를 제거하고자 했다.

예언 능력이 있던 프로메테우스는 아들인 데우칼리온에게 대홍수가 오기 전에 방주를 만들라고 알려주었다. 그렇게 살아남은 데우칼리온과 그의 아내 피라는 파르나소스산에 도착해 제물을 바치며 인류를 되살릴 방법을 물었다. 이에 '어머니의 뼈'를 등 뒤로 던지라는 신탁을 받았다.

대지의 어머니인 가이아의 뼈가 바로 돌이라고 생각한 데우칼리온과 피라는 돌을 들어 등 뒤로 던졌다. 그러자 데우칼리온이 던진 돌은 남자가, 피라가 던진 돌은 여자가 되어 인류가 다시 태어났다는 것이 신화 속 이야기이다. 구약성서의 아담과 이브, 노아의 방주 같은 얘기들이 이미 신화에 등장하는 것이다.

아테네에서 델포이까지 가는 3시간여의 드라이브는 환상적이다. 거기서 다시 북쪽 메테오라 수도원까지 가는 길은 기막히다는 말조차 부족할 정도로 아름답다.

왕복 4차선 고속도로가 산과 들을 번갈아 가며 구불구불 연결돼 있다. 이곳에서 운전하다 보면 문득 느껴지는 게 있다. 터널이 거의 없다는 점이다. 산을 뚫지 않고 그 위로, 옆으로 길을 냈기 때문이다. 그래서 차를 타고 달리는 내내 보이는 풍광은 그 자체로 그림이다.

숲속을 뚫고 지났다 싶으면 넓은 평원이 나타났고, 다시 구불구불 산길을 휘돌아 나가면 멀리 눈 덮힌 파르나소스산이 자태를 드러냈다. 운전을 하면서 나 자신이 마치 수퍼카를 모는 〈007〉 영화 속 주인공 같다는 상상까지 했다. 여독으로 졸음운전을 할 법도 하지만 그리스에서 운전할 때만큼은 잠이 올 새가 없었다. 영화 속 주인공으로 만들어주는 풍경 속을 달리는데 어찌 졸음 따위가 방해할 수 있으랴.

아테네에서 델포이로 가는 길, 델포이에 이르기 직전에 아라호바 마을이 있다. 델포이와는 자동차로 불과 20여 분 떨어진 곳이다. 숲이 우거진 높은 산등성이에 있는 아름다운 마을이다. '그리스의 스위스'라고 불리기도 한다.

이 마을은 드라마 〈태양의 후예〉의 촬영지이기도 한데, 이곳 랜드마크인 시계탑 앞에서 주인공 커플이 키스하는 장면을 찍었다고 한다.

마을은 작은 길을 따라 식당과 카페, 기념품점들이 이어져 아기자기한 느낌이다. 델포이를 오가는 도중에 잠깐 쉬면서 차도 마시고 구경도 하기 좋은 장소이다.

나는 마을 골목 안쪽에 차를 세우고 휴식도 취할 겸 가벼운 산책을 하려고 마을 구경을 나섰다. 마을 곳곳에는 나처럼 델포이로 향하는 사람과 이미 다녀가는 사람 등 관광객들로 붐볐다. 시계탑은 역시 최고 인기였다. 필수 증명사진 포인트라도 되는 양 붐볐다.

드디어 도착한 델포이 유적지. 주차장을 지나면 절벽 위 전망 좋은 곳에 기념품점과 레스토랑이 있다. 눈길을 끄는 기념품들을 뒤로하고 조금 더 걸어 올라가면 매표소가 있고, 그 위쪽으로 델포이 박물관과 유적지가 나온다. 박물관은 유적지 관람 후 보기로 하고 유적지부터 들어섰다.

델포이 유적 중 하나인 아폴론 신전은 그리스뿐 아니라 주변국에서도 신성하게 여기던 장소이다. 신전은 산 위에 자리 잡고 있었다. 그리 큰 규모는 아니나 첫눈에 성스러움이 느껴지는 곳이다.

뒤쪽으로 세 개의 봉우리가 하늘을 배경으로 병풍처럼 서 있다. 그 앞에 서서 보면 금방이라도 파란 하늘이 무너져 내릴 듯한 압도감이 느껴진다. 마치 세 개의 봉우리가 하늘이 무너지지

Delphoe;
Apollon

않도록 떠받치고 있다는 인상을 준다. 흔히 바위가 많은 산이 기도발이 좋다고 하는데, 이곳이 바로 그런 곳이다. 한국으로 치면 계룡산, 설악산, 삼각산 같은……

살아온 시대와 국적은 달라도 예나 지금이나 사람들이 생각하고 느끼는 것은 비슷한 모양이다. 이곳에 와보면 누구든 쉽게 알 수 있을 것이다. 이곳이 왜 하늘로부터 신탁을 받는 곳인지를.

델포이는 기독교의 이교(異教) 금지 정책으로 전설 속 도시가 됐다. 그러다가 1829년부터 프랑스 학자들에 의해 발굴이 시작됐고 그때부터 모습을 드러냈다고 한다. 유적지가 으레 그렇지만 이곳은 좀 더 생생한 기분이었다. 유적을 돌아보는 내내 시간을 거슬러 온, 마치 고대 신전에 직접 신탁을 받으러 온 듯한 느낌에 빠졌다.

입구에서 걸어 올라가다 보면 제일 먼저 눈에 들어오는 건물이 아테네인의 보물창고이다. 여러 개의 창고 중에서도 아테네인의 보물창고는 거의 완벽한 형태로 복원돼 있다. 세로 10미터, 가로 6미터의 그리 크지 않은 규모지만, 도리아식 기둥 등에서 예전의 화려한 모습을 어렵지 않게 상상할 수 있었다.

아폴론의 신탁을 받는 것은 아무나 하는 일이 아니었다. 수많은 사람이 신탁을 받으려고 전국 각지에서 찾아왔기 때문에 추

델포이 유적지 전경

첨으로 순서를 정했다고 한다. 하지만 언제나 예외는 있는 법! 그들 중에서도 선물을 많이 바쳤던 폴리스 시민에게 우선권이 주어졌다고 한다. 신탁이 또 다른 형태의 점이라고 본다면, 그 고마움의 뜻으로 주는 선물은 일종의 복채라고 할까.

각 폴리스에서 바친 보물과 봉헌된 물건들을 저장하기 위한 보물창고가 다수 있었다. 그중 복원된 것이 바로 이 아테네인 보물창고라고 한다. 창고의 남쪽 벽에는 아테네가 마라톤 전쟁에서 승리한 것에 대한 감사의 표시로 아폴론에게 보물창고를 헌상한다는 글이 새겨져 있다.

아테네인 보물창고

기원전 7세기 무렵 최초로 세워진 길이 60미터, 폭 23미터의 신전이다. 38개의 도리아식 기둥과 함께 내부에는 아폴론상, 지하에는 일명 '대지의 배꼽'인 옴파로스가 있었다고 전해진다. 신탁을 받을 때는 정면에 있는 대제전에 제물을 바치며 제사를 올렸다고 한다.

신전 기둥이나 벽 혹은 앞마당 어딘가에 일곱 현인의 잠언이 새겨져 있다고 돼 있다. 그중에는 '너 자신을 알라'라는 유명한 문구도 있다고 한다. 이 말은 흔히 소크라테스가 한 것으로 알려졌지만 정확하지는 않은 얘기다. 기록들에 따르면 일곱 현인 중 하나인 스파르타의 킬론이 한 말이라고도 하고, 다른 현자의 말이라고도 한다.

그리스 최초의 철학자 탈레스는 자기 자신을 아는 것은 어려

아폴론 신전

운 대신 남을 충고하는 것은 쉬운 일이라고 말했다고 한다. 다만 소크라테스가 대화법을 통해 스스로 무지함을 깨달을 것을 강조하다 보니 이 말의 저작권자로 전해졌을 것이라는 추측이 대세이다.

어쨌든 이 말을 내 눈으로 직접 확인할 수는 없었다. 알파(α), 베타(β), 감마(γ), 델타(δ), 시그마(σ), 입실론(υ), 파이(φ) 등등 과학, 수학 시간에나 접했던 기호 정도만 알 뿐, 그리스어를 전혀 몰랐기 때문이다. 신전의 벽면과 바닥 등에는 문장이 쓰여 있었던 흔적들을 여전히 확인할 수 있었다. 비록 해독은 안 돼도 '너 자신을 알라'와 같은 경구들이 마음으로 전해지는 듯했다.

기록들에 의하면 아폴론 신전은 기원전 7세기에 세워졌다가 화재 등으로 무너졌다고 한다. 그 후 기원전 6세기경에 재건됐고 기원전 373년에 재차 무너진 것으로 알려졌다. 지금은 암갈색 돌기둥 여섯 개와 여기저기 깨진 재단만 어지러이 남아 폐허처럼 변해 있다. 비탈길을 따라 올라가 신전을 내려다보면 아테네의 파르테논 신전 크기쯤 돼 보이는 웅장한 신전 형태가 한눈에 들어온다.

델포이 유적지에는 무너진 기둥 유적과 기둥처럼 곧추선 나무들이 많다. 사이프러스(Cypress) 나무이다. 더 엄밀하게는 지중해 사이프러스 나무이다. 흔히 삶과 죽음을 상징한다고 한다.

사이프러스 나무 사이로 아폴론 신전이 보이고 그 맞은편에는 마치 꽈배기 같은 형태의 청동 기둥이 하나 서 있다. 페르시아와의 플라타이아이 전투에서 그리스의 폴리스 연합군이 승리한 후 빼앗은 페르시아군의 방패를 녹여 만든 일종의 기념물이다.

원래는 기둥의 위쪽에 뱀의 머리가 있고 전투에 동참했던 폴리스들의 이름이 적혀 있다고 한다. 하지만 진품은 오스만제국 지배 때 약탈당해 터키의 이스탄불에 있고 이곳에 있는 것은 모조품이라고 한다. 독특한 형태의 청동 기둥이 주변과 어울리지 않게 서 있어 은근히 눈에 띈다.

아폴론 신전이 들어서기 전부터도 이곳은 영험한 장소였던 모양이다. 시빌레 바위가 그 증거이다. 신전이 만들어지기 전 무녀 시빌레가 이 바위에서 예언했다고 한다. 시빌레는 실존 인물과 신화 속 인물이 뒤섞여 만들어진 캐릭터로 알려져 있다.

신화에 따르면 시빌레는 아폴론의 사랑을 거절했다. 아폴론은 비록 사랑은 거절당했지만, 그녀에게 소원을 하나 들어주겠다고 했다. 이에 시빌레는 모래를 한 주먹 쥐어 보이며 "이 모래알 수만큼의 햇수 동안 살고 싶다"라고 말했고 아폴론은 그 소원을 들어주었다.

하지만 시빌레의 소원에는 중요한 단서 하나가 빠졌다. 바로 '젊음을 유지하면서'라는 것이었다. 그 결과 시빌레는 나이가 들어 몸이 늙고 오그라들어도 죽지 못하는 신세가 되었다고 한다.

과연 한 주먹에 잡힌 모래알의 개수가 얼마나 될까. 아마 수천 혹은 수만 개쯤가 되지 않을까. 어쩌면 시빌레는 지금도 어딘가 에서 죽지 못하고 살아가고 있을지도 모를 일이다.

　고대 그리스인은 지구가 평평한 원반처럼 생겼고 그 중앙에 그리스가 있으며 그 한가운데가 델포이라고 생각했다. 그래서 바로 그곳에 대지의 배꼽인 '옴파로스(Omphalos)'가 묻혀 있다고 믿었다.

　신화는 제우스가 세상의 중심을 알아보기 위해 독수리 두 마리를 각기 다른 방향으로 날아 보냈고 그 독수리들이 세계를 가로질러 만난 지점에 돌을 떨어뜨렸다고 한다. 그곳이 바로 세상의 배꼽으로, 이곳 아폴론 신전 자리라는 것이다. 신탁의 성소가 된 유래이다.

　이 대목에서 문득 옴파로스 신드롬이 떠올랐다. 자기중심적 세계관, 즉 우물 안 개구리 같은 사고이다. '중국(中國, 중심국가)'이나 '일본(日本, 태양의 근본)', '지중해(地中海, 중심 바다)' 같은 표

고대 그리스인의 우주관을 보여주는 옴파로스

현도 그러한 옴파로스 신드롬과 무관하지 않다.

　유적지 바깥쪽에도 옴파로스가 있으나 더 정교한 것이 델포이 박물관에 전시돼 있다. 그러나 그것 역시 진품은 아니라고 한다. 사실 옴파로스와 관련해서는 과연 아직도 진품이 남아 있는지 자체가 불분명하다. 우주인이 지구에 왔다 간 증거라는 주장도 있다.

　옴파로스도 결국은 고대 그리스인의 우주관과 연결된다. 신과 신탁, 우주인, 기도발 등을 관통하는 하나의 메시지. 바로 절대자에 대한 동경이 아닐까.

태양의 신이기도 한 아폴론은 신들의 세계에서도 위상이 높았다. 아폴론은 자신의 자리를 더욱 공고히 하기 위한 신탁소를 구상하였고, 장소를 물색하던 중 마음에 드는 땅을 찾았다. 하지만 그곳은 이미 요정 텔푸사(Telphousa)의 소유였다. 텔푸사는 자신의 힘으로는 도저히 아폴론의 뜻을 거스를 수 없음을 알고 한 가지 꾀를 내었다. "내 땅은 물을 마시러 오는 사람과 노새 때문에 종일 시끄럽고 번잡하니 더 나은 곳을 찾으라"라고 아폴론에게 말한 것이다.

텔푸사의 속임수에 넘어간 아폴론은 장소를 바꿔 파르나소스 산 아래에 신탁소를 세우기로 정하고, 그곳에 살고 있던 성질이 포악하기로 유명한 뱀 퓌톤(Python)을 죽인다. 하지만 퓌톤은 대지의 여신 가이아의 딸이었고, 아무리 악한 존재라고 해도 그를 살해하는 것은 가이아에게 매우 불경스러운 짓이었다. 이에 제우스는 즉시 아폴론에게 템페강에서 목욕하고 사죄하도록 명령했다고 한다. 이후 델포이에서는 8년마다 퓌톤에게 제사를 지내게 됐다. 훗날 뒤늦게 텔푸사에게 속은 사실을 안 아폴론은 그녀의 샘에 맹수를 보내고 샘물을 메워버리는 복수를 했다고 한다.

델포이 신탁은 고대 그리스 도시인 델포이에 있던 아폴론의 성소에서 아폴론이 내리던 예언을 지칭한다. 신탁이라고 번역되는 라틴어 'oraculum'에서 유래했다. 흔히 쓰는 'oracle'은 신탁 자체뿐 아니라 이 신탁을 받아 전하는 사람을 가리키는 말이기도 하다.

델포이의 신탁을 받아 전하던 여사제를 '피티아' 또는 '퓌티아(헬라스어 Πυθία)'라고 부른다. '퓌티아'라는 명칭은 아폴론에게 죽임을 당한 '퓌톤'으로부터 유래했다고 한다. 한편 델포이 시의 이름이 아르카이크 시대에는 '퓌토'라고 불렸던 것을 근거로 '퓌티아'란 명칭이 델포이의 옛 지명에서 유래했을 것이라는 설도 있다.

퓌티아는 델포이의 사제들에 의해서 신중하게 선택됐다. 사제들은 퓌티아가 받은 신탁을 해석하고 정리해서 전달해 주는 사람들이었다. 퓌티아는 합법적인 출생자여야 하며, 검소함이 몸에 배어 있어야 했다. 기본적으로 처녀여야 하며 설사 처녀가 아니라도 임명된 후에는 독신과 정절을 유지해야 했다. 왜냐하면 신의 배우자이기 때문이다. 사제들은 주로 가난한 집의 딸들 중에서 퓌티아를 구했다. 이는 퓌티아가 신이 말하는 대로 따르는 것 외에 세상 물정을 몰라야 했기 때문이다.

서기 105~126년 델포이 아폴론 신전의 사제였던 플루타르코스는 당시 퓌티아 선택의 규칙을 다음과 같이 언급했다.

"퓌티아는 가장 정직하고도 존경받는 가정 출신으로서 그 자신이 아무런 책잡힐 것이 없는 삶을 살았어야 한다…… 그는 예언의 자리를 계승하면서, 어떤 기술 또는 그 외의 지식을 전혀 지니고 있지 않아야 한다…… 그는 오직 처녀의 영혼만을 가지고 신에게로 다가가는 것이다."

신탁을 구하는 많은 이들의 청원에 응하기 위해 델포이 신탁소에는 세 명의 퓌티아가 있었다. 두 명의 정식 퓌티아와 한 명의 보조 퓌티아가 신탁을 전달하는 일을 수행했다.

이곳에서 무녀 퓌티아는 바위틈에서 새어 나오는 가스를 마시고 환각 상태로 신의 목소리를 내뱉었다는 주장도 있다. 지금도 신탁소가 있던 자리에는 유황가스가 흘러나와 바위와 한 몸체로 굳어버린 흔적이 있다고 한다. 가스에 취해 몽롱해진 무녀라니……. 실제로 신과 교감을 나누는 데 도움이 되었을지 아닐지, 그때나 이제나 알 수 없는 일이다.

슬픈 사연의 신화 중에서도 오이디푸스(Oedipus)의 일생만큼 비극적인 신화는 없을 것이다. 그는 테베(Thebes)의 라이오스 왕과 이오카스테 왕비 사이에서 태어났다. 하지만 아버지가 델포이의 아폴론 신전에서 충격적인 신탁을 받는 바람에 태어나자마자 버림을 받는다.

신탁의 내용은 '태어날 아들이 아버지를 죽이고 어머니와 관계를 맺는다'는 것이었다. 라이오스 왕은 갓난아기였던 오이디푸스의 복사뼈에 못을 박아 산에 버렸는데, 지나가던 목동에 의해 우연히 발견돼 목숨을 건질 수 있었다.

청년으로 성장한 오이디푸스는 어느 날 자신의 운명을 알게 되고 신탁이 실현될 것을 두려워한 나머지 모든 것을 버리고 방랑의 길을 떠났다. 그러던 어느 날 사소한 시비 끝에 한 노인을 죽이고 마는데 그가 바로 자신의 아버지인 라이오스 왕이었다. 자신이 어떤 일을 저질렀는지 전혀 모르고 있던 그는 고향인 테베로 향했다.

당시 테베에서는 스핑크스가 지나가는 사람에게 수수께끼를 냈는데, 이를 풀지 못하면 잡아먹는 엽기적인 사건이 벌어지고 있었다. 이에 고민하던 이오카스테 왕비는 스핑크스를 물리친 자에게 왕위와 더불어 자신까지도 바치겠다고 선언했다. 마침 오이디푸스가 수수께끼를 풀어 왕위를 물려받게 되었고, 자신의 어머니라는 것을 모른 채 이오카스테 왕비를 부인으로 맞았다.

서로의 과거를 모르는 두 사람은 행복한 나날을 보냈고 네 명의 자녀를 두었다. 하지만 근친상간에 격노한 신들에 의해 테베에는 무서운 전염병이 돌기 시작했다. 신탁을 통해 전염병의 원인이 자신들이라는 것을 알게 되자 이오카스테 왕비는 목을 매어 자살했고, 오이디푸스는 왕비의 브로치로 자기 눈을 찔러 스스로 앞을 못 보게 만들었다. 그리고 남은 네 자녀 역시 왕위 쟁탈을 위한 골육상잔의 비극을 벌이는 처참한 결말을 맞게 된다.

고대 극장

기원전 4세기경 세워졌다. 지금도 여름이면 연극제가 열린다. 보존 상태가 양호하며 대리석으로 만든 35단의 객석에서 성역이 한눈에 들어온다.

경기장

기원전 3세기경 조성된 트랙 길이 178미터, 폭 26미터의 경기장이다. 수용인원 6,000명을 넘는다. 여름 연극제와 예술행사가 열린다.

마르마리아(Marmaria)

델포이 유적지 입구에서 도로를 따라 15분 정도 걸어 내려가

고대 극장

면 오른쪽에 지혜의 여신 아테나의 성역, 마르마리아가 보인다. 대리석을 채굴하던 채석장이어서 '대리석'이라는 뜻의 마르마리아라는 이름이 붙여졌다. 고대 순례자들은 신탁소로 가기 전 이곳에서 참배를 드렸다고 한다. 규모는 델포이 유적지보다 작으나 더 인상적이라고 하는 사람도 많다. 3개의 기둥과 도태만 남아 있으며 아폴론 신전과 함께 델포이 기념엽서에 자주 등장한다.

　나의 그리스 여행 목적 중 하나가 신탁을 듣는 것이었다. 그래서 델포이의 아폴론 신전까지 찾아왔다. 그럼 나는 과연 신탁을 받았을까. 여러 차례 자문해 보았다. 아폴론 신전에서 신성한 기운을 느낀 것은 사실이다. 무언가 강렬한 느낌은 확실히 있었다. 하지만 솔직히 신탁을 받았는지는 알 수 없었다. 다만 스스로 생각했다.

　'내가 이 세상에 왜 왔는지 모르듯이 앞으로 내게 어떤 인생이 펼쳐질지 모르겠다. 다만 한 가지는 분명히 안다. 모두가 죽음이라는 한 지점을 향해 가고 있다는 것을. 그때가 언제일지 알 수 없으나 항상 곁에 따라다니는 찰나, 한순간이라는 것을. 그러니 단 하루를 살더라도 인간답게 잘 살아야 한다는 것을…….'

문득 박노해의 시가 떠올랐다.

긴 호흡으로 보면
좋을 때도 순간이고 어려울 때도 순간인 것을
돌아보면 좋은 게 좋은 것이 아니고
나쁜 게 나쁜 것이 아닌 것을
삶은 동그란 길을 돌아나가는 것

그러니 담대해라
어떤 경우에도 너 자신을 잃지 마라
어떤 경우에도 인간의 위엄을 잃지 마라

– 박노해 시인의 숨고르기 「동그란 길로 가다」 중에서

한편으로 조금은 허탈했다. 벼르고 별러 찾아온 그리스 델포
이 신전. 거기서 어렵사리 받은 신탁의 결과가 '인간은 결국 죽
는다'는 평범한 진리였다니. 누구나 다 알고, 별반 새로울 게 없
는 운명론을 신탁이랍시고 받았으니 내 의식 수준의 한계일 수
도 있겠다 싶었다.
그러나 신탁도 결국 깨달음의 다른 차원이라는 관점에서 보면
중요한 성과라고 자위했다. 죽음과 숙명에 대한 새삼스러운 깨

조르바와 춤을

달음의 순간 그것은 새로운 길로 이어지는 의식 준위의 문이 열리는 순간이기도 할 것이란 생각이 들었다.

유적지를 둘러본 후 델포이 박물관으로 향했다. 이곳 11개의
전시실에서는 아르카이크 시대부터 로마 시대에 이르는 그리스
예술의 변천사를 볼 수 있었다. 아폴론 신전에서 발굴된 종 모
양의 옴파로스는 입구에서 올라가는 계단 끝에 있었다. 1896년
에 거의 완전한 모습으로 발굴된 전차를 모는 청동 마부상과 스
핑크스상도 있었다. 청동 마부상은 눈동자와 수정채, 흰자위, 속
눈썹, 입술까지 진짜 사람처럼 표현돼 있다.

나는 이곳에서 서양 조각, 나아가 서양 예술이 왜 그리 아름답
고 발전했는지, 그 이유를 비로소 알 수 있을 것 같았다. 무엇보
다 인간을 완전히 해부한 점이 단서였다. 고대부터 옷을 모두 벗
기고 인간의 육체를 아름답게 묘사한 점이다. 이른바 8등신의
완벽한 육체가 대상이었다.

얼굴과 상체, 하체 그 모든 부분을 조각으로 표현했다. 앞서 아테네의 국립박물관에서 느꼈던 바이지만 정교하고 아름다운 서양 예술의 출발은 그리스 조각에서부터 시작된 것임을 한눈에 알 수 있었다. 그리스 신들을 인간의 모습으로 표현한 것과도 무관하지 않아 보인다. 한편으로 다듬기 좋은 석회암이 사방에 널려 있다는 점도 조각과 건축이 발달할 수 있는 지리적 요인이 됐을 것이다.

그에 비해 우리나라, 동양 미술은 어떤가. 유교가 등장하기 훨씬 전부터 벌거벗은 나신은 금기였던 것 같다. 원시, 고대 이후로 인간의 모습은 옷으로 겹겹이 싸맸다. 남자건 여자건 벗은 모습은 찾아볼 수가 없다. 그러니 아름다움에 대한 근본 의식부터 다를 수밖에 없지 않았을까. 감히 벌거벗은 인체를 표현이나 감상의 대상으로 삼겠다는 발상 자체를 하기 힘들었을 것이다. 나아가 동양에서는 석재보다는 목재가 풍부한 것도 마찬가지로 영향을 미쳤을 것 같다. 조각보다는 목공이, 석조 건물보다는 목조 건물이 주를 이룬 것만 봐도 알 수 있다.

그리스는 고대부터 마을공동체가 발달한 곳이라 관광지건 유적지건 기차역이건 어느 곳을 가든지 식당이 함께 발달했다. 외지인들을 위한 것이기도 하지만 그 전에 함께 사는 이웃들을 위한 배려이기도 하다. 그리스인들은 식사에 대해 특별한 의미를 부여하고 있다고 한다. 즉, 먹는다는 것은 배를 불리거나 혀를 즐겁게 하는 것 이상의 나눔과 소통의 행위로 여기는 듯하다.

매번 느낀 점이지만, 그리스 음식은 향신료를 쓰지 않고 재료 자체의 맛을 중요하게 생각하는 것 같았다. 그래서 깔끔하고 간단하다. 그리스식 샐러드만 해도 온갖 신선한 야채에 치즈와 올리브유만 뿌리면 된다. 달리 더 특별한 소스가 필요 없다. 재료 본연의 맛을 즐기는 건강식이 대부분이다.

그리스 음식은 건강식이라는 것을 염두에 두지 않더라도 다른 문화, 다른 지역의 맛이 혼재된 묘한 매력이 있다. 원래 그리스 인들은 해안가에 살면서도 양과 염소, 돼지 등의 가축을 길렀던 민족이라 해산물과 육류 등의 식재료를 다루는 데 능숙하다.

더구나 역사적으로 베네치아, 로마, 프랑크뿐 아니라 400년간 의 터키 지배하에 있고, 수백 년에 걸친 비잔틴 시대를 지나는 동안 동서양 음식 문화가 융합돼 새로운 음식이 탄생하기도 했다. 그 대표적인 예가 무사카(다진 소고기나 양고기, 양파, 토마토 등을 넣고 만든 그리스 전통음식)나 수블라키(고기와 채소를 꼬치에 끼워 구워 먹는 꼬치요리) 같은 요리이다. 특히 미코노스의 갑각류요리 나 코린토스의 문어요리, 크레타의 생선요리 등은 조리법이나 재료를 다루는 방식이 대단히 독창적이어서 더 매력이 있다.

4장

/

메테오라(Meteora)
절벽 위 하늘에 얹힌 수도원

#성니콜라스아나파우사스 #대메테오라 #발람 #루사노 #성스테파노스 #성트
리니티

높은 산꼭대기. 공기는 정기로 충만해 있다. 인간사 부질없는 소음이 그 높은 곳까지 닿을 리 만무하다.

_니코스 카잔차키스, 『그리스인 조르바』 중에서

그리스 중북부에 위치한 테살리아 평원을 지나 아테네에서 북서쪽 350킬로미터 떨어진 곳에 사람의 접근을 거부하는 사암 봉우리들이 몰려 있는 곳이 바로 메테오라이다. 길도 없고 사람이 살 수도 없는 곳인데 예로부터 스무 개가 넘는 수도원이 봉우리 절벽 위에 자리를 잡았다.

봉우리 사이가 모두 낭떠러지 절벽이고 깊은 계곡이다. 큰 바위들은 만물상처럼 다양한 형태이다. 신이 빚은 작품이 아니고서는 설명이 안 될 것 같다. 신화가 그냥 탄생한 것이 아님을 직감하는 순간이다. 신비감과 위압감 그 자체다.

메테오라는 그리스 말로 '공중에 떠 있다'는 의미이다. 해발 2,000미터 정도 바위산의 기기묘묘한 바위기둥 꼭대기에 스물네 개의 수도원이 자리 잡고 있다. 이 중 일반인에게 공개된 곳은 여섯 개이다. 성스테파노스 수녀원을 비롯해 대메테오라, 발람, 루사노, 성니콜라스 아나파우사스, 성트리니티 등이 그것이다. 바위들의 높이는 평균 300~400미터. 가장 높은 곳은 대메테오라 수도원으로 높이가 550미터이다. 메테오라 수도원들은 말 그대로 공중에 부양해 있는 모습이다.

기록에 의하면 메테오라의 역사는 비잔틴 시대 수도사들로부터 시작된다. 자연현상으로 바위 사이에 저절로 동굴이 생겨 9세기 무렵부터 그곳에 수도사들이 거주하기 시작했다. 정식 수도원 건물은 14세기에 와서야 비로소 지어졌다. 그즈음 비잔틴 제국은 쇠락기에 접어들었고 이 틈을 타고 튀르크족이 수도원들을 집요하고 무자비하게 공격해 오기 시작했다. 수도사들은 하는 수 없이 안전하고 고립된 은신처를 찾아 숨어들었다. 그렇게 공동체를 이루고 살기 시작한 것이 이곳 공중 수도원의 시초라고 할 수 있다.

각 수도원에 오르려면 로프로 된 그물과 접이식 나무 사다리를 이용해야 했다. 수도원들은 이처럼 철저히 고립된 채 독립적으로 살아가며 내부에 작은 텃밭도 있고 양이나 염소 떼 등을 키우기도 했다. 덕분에 오스만튀르크의 지배하에서는 자칫 영원히 사라질 뻔했던 그리스 전통문화들이 이곳으로 스며들어 오늘날까지 계승된 측면도 있다.

델포이를 출발한 지 3시간여 만에 메테오라 부근 거점 마을인 칼람바카(Kalambaka)에 도착했다. 호텔과 식당들이 있는 조용하고 아름다운 마을이다. 메테오라 바위산들이 바로 코앞이다. 병풍 같은 바위산들에 둘러싸인, 바위산의 정기를 품은 마을이다. 내가 도착한 시간은 해가 막 지고 바위산에 조명이 들어오기 시작할 무렵이었다. 기기묘묘한 바위산들이 조명을 받아 신령스럽기조차 했다.

식당들이 많은 마을 중심부에서 감자와 스프, 돼지 족발 요리로 저녁을 해결했다. 그리스 대표 민속주인 우조와 사촌격인, 건포도로 만들었다는 '라키(Raki)'라는 술을 반주로 서너 잔 마셨다. 알딸딸해지면서 기분이 좋아졌다. 식당을 나와 산책을 하면서 멀리 보이는 신의 작품들을 눈에 담았다. 다음 날 그곳에 갈 생각을 하니 슬슬 흥분이 밀려왔다.

다음 날 아침, 작지만 아담한 호텔에서 신선한 샐러드와 돌마다키아(Dolmadakia. 다진 고기나 생선, 잘게 썬 야채를 찐밥과 섞어 포도잎이나 양배추에 싸서 찐 요리)로 아침 식사를 마친 후 드디어 수도원 순례에 나섰다. 마을에서부터 걸어 올라가면 하루 한 개 정도의 수도원을 둘러볼 수 있으려나. 나처럼 차량을 이용한다면 6개 수도원을 다 둘러볼 수 있을 것이다. 모두 유네스코 세계유산에 등재된 수도원들이다. 하지만 1월의 길은 살얼음이 얼어

메테오라 수도원으로 올라오는 길

있었고 도로가 가파른 데다가 굳이 모험할 이유가 없었다. 그래서 일단 접근이 용이한 곳까지만 보기로 했다.

칼람바카 숙소에서 차를 출발하여 좌측으로 카스트라키 마을을 지났다. 카스트라키 마을은 아직 잠에서 덜 깬 듯 인적이 드물었다. 구불구불한 길을 20여 분 달리자 첫 번째 성니콜라스 아나파프사스(St. Nicholas Anapausas) 수도원이 나타났다.

성니콜라스 아나파프사스 수도원은 깎아지른 절벽 위에 바위와 한 몸체로 얹혀 있었다. 회색빛 암갈색 바위와 어우러져 있어서 어디까지가 수도원 벽이고 어디까지가 바위인지 구분이 잘 안 됐다. 아직 봐야 할 더 많은 수도원이 남아 있기에 이 수도원은 입구까지만 걸어 올라갔다 내려왔다. 이곳은 14세기 라리사의 대주교였던 성 디오니시오스가 만든 것으로 기록돼 있다. 주성당 안의 프레스코화가 유명하다고 한다. 건너편 바위산에는 자연 그대로의 동굴들도 간간이 보였다. 그곳들은 오로지 밧줄과 사다리로만 오르내릴 수 있는 은둔의 수행처이다.

다시 차를 타고 오르막길을 20여 분을 달리자 도드라진 수직 절벽 위에 그리 크지 않은 수도원이 보였다. 루사누(Roussanou) 수도원이다. 이곳에서는 멀리 발람 수도원이 한눈에 들어온다. 입구에는 벤치가 있고 3개의 깃발이 꽂혀 있다. 그리스 국기와 십자가가 그려진 깃발, 각 수도원의 상징 깃발이 그것이다. 마침

루사누 수도원의 고양이

대메테오라 수도원 부엌 한쪽에 있는 포도주 저장 공간

벤치 위에는 고양이 한 마리가 자리를 차지하고 있었다. 따스한 햇볕과 살랑살랑 바람을 받으며 반쯤은 눈을 감은 채 행복에 젖은 표정이었다. 이미 수많은 관광객을 접한 터라 사람은 거들떠보지도 않는 태도였다. 이곳 절벽 수도원들에는 이런 고양이들이 자주 눈에 띄었다. 메테오라의 또 하나의 주인, 그것은 고양이였다.

수도원 내부의 주성당에는 얼핏 봐도 예사롭지 않은 프레스코화가 그려져 있었다. 1560년에 제작된 프레스코화라고 한다. 머리글자가 금박과 꽃 모양의 띠 등으로 장식된 성경 필사본도 있었다. 이 수도원에서 전해 내려오는 기술이라고 한다.

여기서 차로 10여 분을 더 올라가자 삼거리가 나왔다. 좌측이 대메테오라 수도원과 발람 수도원으로, 우측이 성 트리아스 수도원과 성 스테파노스 수도원으로 가는 길이다. 방향을 좌측으로 틀어 조금 달리자 웅장한 세 번째 수도원이 자태를 드러냈다. 6개 수도원 중 가장 크고 접근하기 어려운 대메테오라 수도원이다. 깎아지른 듯한 절벽 위에 세워진 수도원이라니! 새삼스럽게도 그 위용에 또 한 번 감탄했다. 위대한 종교의 힘과 건축술에 입이 다물어지지 않았다.

차에서 내려 좁은 바위굴을 통과하고 돌계단을 10여 분 오르자 입구에 닿을 수 있었다. 내부는 아담했다. 작긴 하지만 부엌이며 예배당과 거실, 침실 등 수도사들이 거주하는 데 필요한 생활공간들이 다 갖춰져 있었다. 작은 텃밭도 있었다. 동굴 속 거실은 편안함이 느껴질 정도로 안정감을 주었다. 부식 등 물자를 끌어올리기 위해 설치된 도르래가 눈에 띄었다. 부엌에는 옛 도자기들과 그릇, 바구니들이 깨끗하게 정리돼 있었다. 세상과 단절한 채 절벽 위 수도원에서 생활하던 사제들의 모습이 눈앞에 어른거리는 듯했다.

그리 멀지 않은 이웃에 네 번째 발람 수도원이 있었다. 절벽과 수도원 모양이 특히 아름다워 사진을 찍은 뒤 나중에 색연필로 그림을 그린 바로 그 수도원이다. 이 수도원 내부는 제법 규모가 커 보였다. 예배당도 비교적 넓었고 수도며 정원이며 전망 좋은 휴식 공간까지 있었다. 주변 바위산들 너머로 멀리 설산까지 한눈에 들어오는 멋진 풍광이었다. 앞서 보았던 신화의 발원지 중 하나인 파르나소스산이다. 나는 경치를 맘껏 즐기며 수도원 내부 곳곳을 누비고 다녔다.

창조의 섬광을 상실한 종교에서 제신(諸神)은 결국 인간의 고독과 벽면을 치장하는 시적 모티프나 예배 용품으로 전락했다. 말라르메의 시에서도 비슷한 현상이 일어나고 있었다. 흙과 씨앗으로 가득한 심장의 뜨거운 갈망이 완벽한 지적 유희, 현학적이고 복잡한 허공의 구조물이 되어 버렸다.

Meteora

발람 수도원

최후의 인간 — 모든 믿음과 모든 환상에서 해방된, 그래서 기대할 것도 두려워할 것도 없어진 — 은 자신을 구성하는 진흙 덩어리가 정신으로 축소되어 버렸다는 것을, 그리고 그 정신에는 뿌리가 수액을 빨아올릴 흙이 하나도 없다는 것을 보는 사람이다. 최후의 인간은 자신을 비운 인간이다. 그 몸에는 씨앗도 배설물도 피도 없다. 모든 것은 언어가 되고, 언어의 집합은 음악적인 곡예가 된다. 최후의 인간은 거기에서 멈추지 않는다. 그는 전적인 고독 속에 들어앉아 다시 그 음악을 소리 없는 수학적 방정식으로 해체해 놓는다.

_니코스 카잔차키스, 『그리스인 조르바』 중에서

니코스 카잔차키스는 이 대목에 등장하는 '최후의 인간'을 붓다로 보았다. 즉, 그는 『그리스인 조르바』에서 화자의 독백을 통해 '붓다가 그 최후의 인간이다'라고 선언한다. 이어 붓다는 스스로를 비운 순수한 영혼이며 붓다의 내부는 공허하며 그 자신이 바로 공(空)이라고 했다.

나는 왜 이곳 절벽 수도원에서 니코스 카잔차키스의 붓다를 떠올렸을까. 아마도 이 여행의 목적 중 하나가 조르바와 함께 그의 행적과 삶을 찾아가는 것이고, 조르바 이야기의 창작자가 니코스 카잔차키스였기 때문이리라. 따지고 보면 금욕과 비움의 종교적 삶이 붓다의 그것과 별반 다를 바 없기 때문이기도 할 것이다. 진리는 서로 통하는 법. 니체의 초인이나 예수나 붓다나 최후의 인간이나 다 하나로 모아질 수 있겠다. 비움과 깨달음이 바로 그것이 아닐까.

그리스인들에게 수도원은 단순한 종교적 시설이나 주거지 이상의 의미를 지닌다. 수도원은 본래 수도사의 영혼을 구원하고 사람들에게 사랑을 베풀고 나누고자 설립되었다. 세월이 지나면서 병원 역할이나 문학·예술을 부흥시키는 장소 혹은 교육기관 등의 역할을 했다고 한다.

1821년 혁명 때는 조국 수호 전사들의 최후 저항의 보루였다. 수도원은 이들을 뒤에서 지원했다. 많은 수도사가 믿음의 수호와 조국의 운명을 위해 싸우다 전쟁터에서 희생당했다. 규모가 있는 수도원에는 이와 관련한 유품이나 자료들을 모아놓은 작은 전시실도 있었다. 절벽 수도원은 그리스와 그리스인들에게 신앙의 차원을 넘어 존경과 신뢰의 대상으로 남아 있는 것이다.

과거 수도사들은 절벽에 동굴을 파고 은신했다. 적의 공격을 피할 수 뿐 아니라 스스로 세속과 단절하려는 의미도 있었다. 금방이라도 무너져 내릴 듯한 절벽 위에 버티고 자리 잡은 수도원은 볼수록 신기하고 경외심마저 느껴진다. 신에게 한 발 더 다가가기 위해서였을까. 아니면 세속에서 한 발 더 멀어지기 위해서일까.

조르바는 수도사들을 조롱하고 힐난했다. 니코스 카잔차키스에 따르면 조르바의 실제 주인공인 요르기오스 조르바스는 부유한 농부의 아들이다. 젊어서 벌목 일을 하다가 벌목 감독관 딸과 눈이 맞아 도망쳐 결혼한 후 여덟 명의 자식을 낳고 행복하게 살았다. 그러던 중 제1차 세계대전이 발발해 아내가 죽자 수도사가 되기 위해 아토스산으로 들어갔고, 거기에서 니코스 카잔차키스를 만났다.

조르바스는 이때 여기서 수도원의 안 좋은 모습들을 직접 보았다. 카잔차키스 역시 아토스산의 수도원들을 돌며 비슷한 사례들을 직접 경험했다. 금욕 생활을 어기고, 속세의 욕심을 버리지 못하고 위선과 방탕에 빠진 이유를 악마 등 다른 존재 때문이라고 핑계를 대는 등의 종교적 타락을 본 것이다. 그 예로 소금에 절인 대구와 코냑, 담배를 좋아하는 수도사, 속세의 신문을 찾는 수도사를 들기도 했다. 조르바는 이런 수도사를 싸잡아 '배불뚝이 사제들'이라고 불렀다.

조르바는 『그리스인 조르바』에서 화자에게 자신이 수도원장 자리에 적격자라면서 자신이 수도원장이 되면 수도원을 '기적을 만드는 공장'으로 만들겠다는 포부를 밝힌다. 화자 역시 오랫동안 새로운 형태의 수도원을 세우고 싶은 꿈을 품어왔다. 그는 "하느님도 없고 악마도 없이 오직 자유로운 인간만 있는 곳"이 바로 그런 수도원이라며 조르바에게 새 수도원의 문지기가 되어 달라고 부탁하는 대목도 나온다.

　그런 생각들을 하면서 수도사들의 생활을 상상해 보았다. 그 점에서 나는 카잔차키스나 조르바와는 관점이 조금 달랐다. 육체를 가혹하게 담금질하면서 원초적인 본능을 억제하며 사는 삶, 즉 세속을 떠난 폐쇄적인 삶 또한 구원을 받기 위해서는 꼭 필요한 측면이 있지 않을까. 한편으로는 우리가 사는 속세 역시 은둔의 수도원과 다를 게 없다는 생각도 해보았다. 보고 듣는 것이 마음으로 연결되니, 모든 실체가 다 허상이요, 껍데기가 아닐까. 종교든 구원이든 마음의 본질을 스스로 깨닫는 것이야말로 유일무이 최고 진리라는 생각이다.

수도원 주위의 숲에서는 꾀꼬리 노래가 낭자했다. 새들은 축축한 나무 잎새에서 사랑과 수난을 고스란히 노래하고 있었다. 그 노래와 더불어 인간의 가련한 심장은 떨며 북받쳐 흐느꼈다.

천천히, 나는 그리스도의 수난과 함께, 그리고 꾀꼬리의 노래와 함께 꿈나라로 조금씩 빠져들어 갔다. 바로 이렇게 영혼은 천국에 들어가는 것이리라.

_니코스 카잔차키스, 『그리스인 조르바』 중에서

　네 군데 수도원을 보고 난 후 나머지 수도원으로 향하려다 포기했다. 이미 어느 정도 예견한 상황이기도 했다. 완만한 오르막 도로였는데 살얼음이 살짝 얼어 있었다. 경험으로 볼 때 어찌어찌해서 올라간다 해도 내려올 땐 십중팔구 도로 옆 도랑으로 처박히기 십상이었다. 먼 타국 땅 여행길에 그런 일을 겪으면 낭패가 아닐 수 없다. 10여 미터를 달렸나, 이내 포기하고 차를 돌렸다.

　수도원 절벽 사잇길을 내려오면서 문득 현재 나의 삶에 대한 자책감이 밀려왔다. 남들 모두 자기 분야에서 열심히 일하면서 최고의 기량을 닦고 있을 시간에 나는 혼자 이게 뭐 하는 짓이란 말인가. 일 안 해도 먹고살 만큼 돈을 많이 벌어놓은 것도 아니고, 나를 기다려주는 직장이나 일이 있는 것도 아닌데 말이다. 나의 현재 정체가 '간헐적 실업자'가 맞는지 '간헐적 직업인'이

기기묘묘한 메테오라 바위 절벽에 비춰본 삶의 그림자

맞는지조차 헷갈렸다. 그런 삶을 살면서 혼자 이렇게 여행을 다니는 게 과연 바람직한 일인지, 놀고먹으며 허송세월하는 게 아닌지 자문을 했다.

따져보면 망연자실 방랑의 시절이 한두 번이 아니었다. 기자 일을 접은 이래 10여 년간이 모두 방황의 세월이었다. 어느 점쟁이는 10년간 나의 삶을 '도깨비의 삶'이었다고 짚었다. 도깨비의 삶? 맞다고 무릎은 쳤으나 그게 어떤 삶인지 곧바로 그림이 그려지지 않았다. 의도한 바는 아니나 정상궤도를 벗어나서 조금은 엉뚱하고 황당하기까지 한 일들을 겪은 데 대한 공감이었을까. 하여간 도깨비의 삶이라는 표현이 와닿았던 것은 사실이다.

잠깐 돌이켜보았다. 기자직을 접었을 때 나이가 서른아홉, 회사 생활 14년차. 많은 이가 그 나이쯤이면 이직 등 새로운 인생에 대한 꿈을 꾸어볼 법도 하다. 나 역시 마찬가지였다. 그런데 착각 내지 무지했던 게 하나 있었다. 그 나이가 제법 연식이 된 나이라는 생각이었다. '사업 같은 새 인생 시작하려면 진작 시작할 걸 너무 늦게 한 게 아닌가'라는 후회였다. 훗날 지나 보니 나 스스로를 너무 나이 든 중년으로 여겼던 것 같다. 그때만 해도 젊은 나이였는데, 무슨 일이든 다시 시작할 수 있는 나이였는데 말이다. 인생은 한 번 지나가면 되돌릴 수 없고 꼭 겪어보고 나서야 깨닫게 되니 아이러니이다.

조르바와 춤을

인생에 도움이 되지 않는 경험은 없다고 했던가. 매 순간, 매 세월이 모두 의미 있고, 남는 게 있고, 생산적이면 얼마나 좋을까. 그러나 때로는 허송세월도 삶을 되돌아보고 관조하는 성찰의 시간이 될 수 있다. 멈추고 내려놓는 시간이 어쩌면 더욱 값진 경험일 수 있다는 생각도 든다. 하물며 지금 나는 뚜렷한 목적이 있는 여행을 하고 있지 않은가. 조르바를 만나고 신탁을 받기 위해 이곳에 온 것 아닌가.

해가 중천에 떠 있는 오후인데도 불구하고 마치 동틀 무렵처럼 느껴졌다. 날은 점점 흐려졌고 멀리 산 위로 붉은 기운이 감돌았다. 수도원 순례를 마치고 다시 남쪽을 향하는 자동차 사이드미러에 칼람바카의 기기묘묘한 바위들이 점점 작아지며 사라지고 있었다.

인간이 도달할 수 있는 최고의 정점은 '지식'도, '미덕'도, '선(善)'도, '승리'도 아닌, 보다 위대하고 보다 영웅적이며 보다 절망적인 어떤 것, 바로 '신성한 경외감'이라는 사실이었다.

_니코스 카잔차키스, 『그리스인 조르바』 중에서

5장

크레타(Creta)
오렌지 향기 바람에 날리고

#카잔차키스의무덤 #이라클리온 #크노소스 #미노아문명 #하니아 #사마리아
국립공원

크레타의 시골 풍경은 훌륭한 산문을 닮아 보였다. 세심하게 흐름이 잡히고, 과장이 없고, 군더더기 수식을 피한 힘이 있으면서도 절제된 글. 최소한의 것으로 필요한 모든 것을 표현해 낸다. 여기엔 경박한 데도, 작위적인 구석도 없다. 말해야 할 것을 위엄 있게 말한다. 그러나 엄격한 그 글의 행간에서는 의외의 감성과 부드러움이 비친다. 계곡에는 레몬 나무와 오렌지 나무가 대기를 향내로 물들였고 광막한 바다에서는 무궁한 시정(詩情)이 흘러나왔다.

_니코스 카잔차키스, 『그리스인 조르바』 중에서

　니코스 카잔차키스가 크레타를 묘사한 대목을 보면 우선 기부
터 죽는다. 더 이상 무엇을 어떻게 표현하고 서술해야 할지 엄두
가 나지 않는다. 하기야 그런 식으로 따지면 세계적 문호의 글이
다 그렇긴 하다. 괴테의 『이탈리아 기행』을 읽고 함부로 이탈리
아 여행의 단상을 읊조릴 수 있을까. 셰익스피어, 도스토옙스키,
세르반테스는 또 어떻고.

　그렇다고 전하고 싶고 나누고 싶은 얘기를 가슴에 묻어둘 수
만은 없다. 해서 나는 능력 범위 안에서 최선의 노력을 하기로
했다. 내가 보고 듣고 느낀 바를 가급적 고상하고 품격 있는, 그
러면서도 쉽고 간결하게 묘사하기로 했다. 어차피 그게 나의 한
계이고 나는 나일 수밖에 없으니. 크레타 풍광을 마주 대한 나의
첫 소회는 그런 것이었다.

크레타는 에게해에서 가장 큰 섬이자 최남단의 섬이다. 동서로 가늘고 긴 모양이다. 이라클리온, 레팀논, 하니아 등의 도시가 대표적이다. 항상 온난한 지중해성 기후라 여행과 생활하기에 쾌적하다. 이 섬은 신들의 수장인 제우스의 탄생지이자 유럽 문명의 발상지이다. 4,000년 전 미노아 문명 유적과 그리스 신화에 등장하는 미궁으로 유명한 크노소스(Knossos) 유적을 볼 수있어서 사시사철 관광객으로 넘친다. 아테네에서 크레타까지 비행기로는 50분, 페리로는 10시간이 소요된다.

나에겐 이곳이 니코스 카잔차키스의 고향이자 그의 묘지가 있는 곳이란 점에서 남다른 의미가 있었다. 이번 여행의 목적 중 하나가 조르바와 카잔차키스의 활동 무대를 직접 찾아보는 것이었기 때문이다. 나의 버킷 리스트 하나에 또 하나의 줄이 그어졌다.

신화가 전하는 크레타

크레타 지역은 제우스의 고향이라는 이유로 그리스 신화에 종종 배경으로 등장한다. 제우스는 지중해 동안을 떠돌아다니던 어느 날, 페니키아 왕의 딸인 에우로페의 아름다운 자태를 보고 첫눈에 반하고 만다. 자신이 태어난 크레타섬으로 에우로페를 데려가고 싶었던 제우스는 황소로 변해 그녀를 자신의 등에 태우고 지중해를 건넜다고 한다. 유럽(Europe)은 이 일화 속 에우로페의 이름에서 유래한 명칭이다.

제우스와 에우로페 사이에는 세 명의 아들이 있었는데, 장남인 미노스가 크레타의 왕이 되었다. 바로 이 미노스가 청동기 시대의 미노스 문명(미노아 문명, 크레타 문명)을 이끈 그 미노스 왕이다. 그러나 미노스 문명, 즉 크레타 문명이 세상 사람들에게 알려진 것은 이로부터 4,000년이 지난 1900년대에 와서이다. 신화 속 이야기로만 떠돌던 크레타 문명이 영국의 고고학자였던 아서 존 에번스(Arthur John Evans)에 의해 유럽 문명의 기원으로 당당히 자리매김한 것이다.

그렇게 세상에 공개된 크노소스 궁전의 규모는 거대했다. 마치 이곳이 미노타우르스의 미궁이 있었던 곳임을 증명이라도 하려는 듯 1,400여 개의 방이 미로처럼 연결되어 있었다. 크노소스 궁전은 크레타의 수도 이라클리온에서 남동쪽으로 5~6킬로미터 떨어진 곳에 자리하고 있다. 궁전에서 발굴된 유물들은 이라클리온 고고학박물관에서 볼 수 있는데 파이스토스 원반도 그중 하나이다.

한 가지 주목할 점은 크노소스를 비롯한 크레타 유적에 대한 발굴과 연구는 현재까지도 계속되고 있지만, 크레타 문명의 멸망 원인은 아직까지 구체적으로는 확인되지 않은 것으로 알려졌다. 그럼에도 가장 신빙성이 있는 두 가지 설이 있는데, 바로 자연재해론과 전쟁론이다.

자연재해론은 기원전 1450년 무렵 대규모 화산 폭발로 크레타 문명이 하루아침에 멸망했다는 것이다. 일부 과학자들은 크레타섬과 티라섬이 원래 한 덩어리였는데 거대한 화산 폭발로 두 개 섬으로 분리됐다고 주장한다. 크레타섬에서 100여 킬로미터 떨어진 티라섬의 유적에서 크레타 문명 유적과 비슷한 흔적이 나왔기 때문이라고 한다. '전쟁론'은 당시 그리스 본토의 미

이라클리온 고고학박물관의 파이스토스 원반

케네 문명이 세력이 커지자 바다를 건너와 크레타섬을 전쟁으로 멸망시켰다는 추측이다. 나아가 어느 한 가지 이유가 아니라 두 가지 요인이 복합적으로 작용했다는 주장도 있다. 즉, 화산폭발로 약해진 크레타 문명이 육지 문명의 침공에 의한 전쟁으로 완전히 멸망했을 수 있다는 것이다.

　어느 주장이 맞건 기록이 제대로 남을 리가 없었으리라. 화산폭발이든 전쟁이든 기원전 1450년경에 그런 변고가 일어나면 모든 게 순식간에 사라졌을 가능성이 크기 때문이다.

이라클리온은 크레타의 중심도시이다. 도시의 관문인 이라클리온 국제공항은 일명 니코스 카잔차키스 공항으로도 불린다. 이라클리온 시내 한복판 베니제루(Venizerou) 광장에 있는 모로시니 분수가 이라클리온의 상징이다. 1628년 베네치아의 지사 프란치스코 모로시니가 만들었다 하여 붙여진 이름이다. 분수이지만 실제로는 물이 나오지는 않는다.

분수를 중심으로 삼각형의 광장이 있는데 이곳에는 카페와 레스토랑이 늘어서 있다. 광장 맞은편의 성 마르코 대회당에는 크레타 각지의 교회에서 모은 성화가 전시돼 있다. 베네치아 요새가 위치한 구 항구에는 예쁜 요트들이 정박해 있고, 부근에 타베르나가 모여 있다.

그리스는 사방 천지에서 오렌지 나무와 올리브 나무를 볼 수 있다. 특히 오렌지 나무가 가로수처럼 늘어선 곳이 많다. 나무에서 떨어진 오렌지가 도로에 마구 굴러다닌다. 당연히 값도 싸다. 여행하는 동안 오렌지는 정말 실컷 먹었다.

웬만한 호텔의 조식에는 갓 짜낸 신선한 오렌지 주스가 기본으로 제공된다. 별도로 값을 치르고 주문해야 한다거나, 가공제품을 주는 다른 나라의 경우와는 비교할 수 없는 호사이다. 내가 묵은 이라클리온의 호텔에서는 아예 오렌지 짜는 기계가 놓여 있었다. 오렌지를 넣고 손잡이를 내리면 저절로 즙이 짜지고 껍질만 남는다. 오렌지를 직접 짜 먹는 재미와 기쁨을 함께 즐길 수 있었다.

시골 작은 도로를 지나면서 길가에 오렌지 가게가 있으면 오렌지를 하나 살까 싶어서 두리번거렸다. 그러던 중 도로 한쪽에 천막을 치고 그 앞으로 오렌지 상자들을 쌓아놓은 것이 보였다. 마침 현지인으로 보이는 사람들이 모여서 음식을 먹고 있었다.

차를 세우고 그들에게 다가가 오렌지를 사러 왔다고 했다. 그러자 자신들은 농부들인데, 지금은 도로 옆 천막시위 중에 잠시 식사를 위해 쉬고 있다고 했다. 그들은 나를 위아래로 살피더니 함께 먹자면서 자신들이 먹고 있던 고기며 와인을 권했다. 나는 운전 때문에 와인은 마시기가 곤란하다고 했더니 그 일행 중에 있던 현지 경찰이 "한 잔 정도는 괜찮다. 내가 경찰이니 봐줄게"라며 거들었다. 와인 한 모금과 올리브유를 발라 구운 옥수수와 감자 등을 얻어먹었다. 이어 오렌지를 엄청나게 싼 가격에 한 상자나 샀다.

여행을 떠나오기 전 세계 외신들은 그리스의 경제적 위기와 몰락에 대해 보도하고 있었다. 국가 채무가 워낙 많아 디폴트 얘기까지 나왔었다. 과도한 사회주의적 복지와 선심성 퍼주기 정책, 정권 쟁취를 위한 포퓰리즘의 결과이다. 그래서인지 물가가 무척 쌌다. 호텔비도 마찬가지였다. 여행자에겐 좋은 일이지만 그리스인들에게는 고통이요, 아픔이었을 것이다. 그럼에도 불구하고 그리스인들은 낯선 이방인에게 따뜻하고 다정한 미소와 표정, 호의를 잊지 않았다.

쉬고 있는 농부들

그리스는 1970년대까지만 해도 재정이 튼튼한 편이었다. 신화의 나라, 유럽 문명의 모태로서 남부러울 게 없는 나라였다. 그러나 1981년 사회당 정부가 집권한 이후부터 나랏빚에 허덕였다. 사회당은 공무원 증원, 최저임금 대폭 인상, 무상 복지 확대 등 포퓰리즘 정책을 남발했다. 민주주의가 태동한 나라의 비극은 포퓰리즘으로 끝나는가.

그리스의 국가채무비율은 1983년 33.6퍼센트에서 10여 년 만에 100퍼센트를 넘어섰다. 살길은 IMF와 유럽연합의 구제금융뿐이었다. 하지만 상황은 반전되지 않았다. 보수 야당까지 정권을 잡겠다며 퍼주기 경쟁에 가세한 것이다.

쌉쌀하지만 그리스의 비극이 나 같은 여행자들에게는 좋은 기회가 되었다. 숙박, 음식, 교통편 등이 모두 싸기 때문이다. 무한경쟁, 약육강식의 국제질서에서 국가가 그 역할을 제대로 하지 못하면 국민이 고생이다. 마치 펠로폰네소스가 망하고 아테네가 페르시아에 정복당했듯이……

기원전 2000년경에 미노스 왕이 건설했다고 한다. 그러나 당시에 지은 궁전은 지진으로 인해 무너지고 지금의 유적은 기원전 1700년경 재건된 것이라고 한다. 그리스 신화에는 미노타우로스라는 괴물을 가두기 위해 만든 미궁이 바로 크노소스 궁전이라고 나온다.

유적은 안뜰을 사이에 두고 동서로 구성돼 있는데 통상 서쪽부터 관람하도록 돼 있다. 궁전의 한 변의 길이는 160미터 정도이며 복잡하고 거대한 규모를 자랑한다. 4층으로 이루어진 내부에는 1,400개가 넘는 방이 있던 것으로 추정된다. 건물은 왕궁과 신전을 겸하고 있는데 동쪽이 왕궁, 서쪽이 신전으로 사용됐다고 한다.

크노소스 유적

서쪽 지역

서쪽의 2층에는 의식을 치르는 행사장과 강당으로 쓰인 것으로 보이는 큰 방과 창고 등이 있다. 행사장에서 1층으로 내려가면 왕좌의 방, 삼부신전, 봉납고 등이 나온다.

봉납고에서는 양손에 뱀을 쥐고 있는 '뱀의 여신상'이 발견돼지금은 고고학박물관에 소장 중이다. 왕의 방에는 그리핀이라는상상의 동물이 사방에 그려져 있고 왕이 앉았던 돌의자가 있다.

궁의 서쪽에서 가장 흥미로운 곳은 창고이다. 이 거대한 공간을 통해 얼마나 많은 수의 사람들이 이 궁전에 거주했는지를 가늠할 수 있다고 한다. 창고의 큰 항아리에서는 올리브 열매와 씨앗 등이 발견되기도 했다. 항아리를 장식한 그림과 장식의 수준이 대단했다.

동쪽 지역

왕궁으로 사용된 동쪽 건물은 4층의 복잡한 구조이다. 하지만아래층까지 빛이 들도록 설계됐다고 한다. 맨 아래 지하층은 넓은 방이었는데 그곳은 지하라고 느끼지 못할 만큼 화사해 보였다. 여왕의 방과 거기에 딸린 욕실이 특히 눈에 띄었다. 여왕의방에는 선명한 돌고래 그림이 남아 있었고 기둥이나 벽도 부드럽고 화려하게 장식돼 있었다. 욕실에는 여왕이 사용한 욕조와수세식 화장실이 있었다.

조르바와 춤을

궁전 북쪽에는 주거지와 창고의 흔적이 남아 있었다. 당시에도 급수나 배수 시설이 잘 정비돼 있었다고 한다. 또한 남북 출입구 부근의 벽화를 무심코 지나치지 않도록 주의해야 한다. 남쪽 입구에는 유명한 '백합 왕자'가 있고, 창고와 작업장으로 물자가 운반되던 북쪽 입구에는 소의 벽화가 있다. 북쪽 2층에도 '파리지엔', '소 위의 아크로바트', '파랑새' 등의 세련된 벽화가 있다. 고고학박물관에 가면 이들을 복원시킨 벽화를 볼 수 있다.

베네치아 등대

하니아(Hania)

크레타섬의 행정 중심지로 베네치아의 분위기가 짙게 남아 있다. 이라클리온과 함께 크레타에서 가장 큰 도시이다. 행정 중심지라고 하면 밋밋한 분위기를 연상하기 쉽지만, 이곳은 옛 모습을 간직하고 있는 구시가와 항구(일명 베네치아 항구, 사실은 작은 포구가 맞을 듯)를 중심으로 펼쳐지는 풍광이 일품이다. 아늑하고 운치가 있다. 파란 하늘과 뭉게구름, 등대와 해안 요새의 성벽이 한 폭의 그림처럼 펼쳐져 있다. 포구는 식당과 카페들로 둘러싸여 있고 해 질 녘 가로등과 벤치는 인간의 리비도를 자극하는 묘한 분위기를 자아낸다.

이라클리온에서 차를 운전해 하니아로 가는 2시간 30분가량은 눈이 즐겁다. 창밖으로 아름다운 에게해의 해안과 절벽이 펼쳐진다. 이따금 양과 염소가 방목되고 있는 목장도 등장한다. 가는 길 내내 녹색의 풍요로운 올리브 밭과 오렌지 가로수들이 여행자를 반긴다.

하니아에서 놀란 것은 세 가지이다. 첫째, 유적지 위에 세운 호텔. 둘째, 그림엽서 같은 아름답고 정겨운 포구. 셋째, 사마리아 협곡 트레킹.

호텔은 이름부터 수도원이란 단어가 들어가 있었다. 옛 수도원 자리에 지어진 호텔이었다. 건물이 별로 크지 않고, 구시가지 골목 안에 위치해 찾기가 쉽지 않았다. 큰길에 차를 대충 세워 놓고 호텔을 찾아 골목길로 들어갔더니 종업원이 차 있는 곳까지 따라와 주차 자리를 직접 안내해 주었다. 로비는 아담하고 깨끗하고 예쁘게 꾸며져 있었다. 그런데 바닥이 온통 유리였다. 그 아래로 흙벽과 다듬어진 돌들이 널려 있는, 발굴 중인 유적지가 보였다.

유적지 위에 지어진 호텔이라니. 상상하기 힘든 발상이었다. 웬만한 나라에서는 당장에 공사가 중단될 텐데. 그럼에도 그것마저 운치가 있었다. 로비 바로 옆에는 제법 넓은 탕을 가진 사우나가 있었다. 커튼 하나로 로비 쪽을 가리고 있는 형태였다. 나는 유적지 위에 지어진 호텔에서 뜨거운 욕탕과 사우나를 맘껏 즐기며 여독을 풀었다. 이 상상하기 힘든 조합이라니!

사우나와 잠깐의 휴식을 마친 후 느긋한 마음으로 주변 산책에 나섰다. 5분여 걸었을까. 모퉁이를 돌자 카페와 호텔이 즐비한 포구가 나타났다. 바다가 디근 자 형태로 들어와 있는 예쁜 포구였다. 오래된 중세 건물과 등대, 바닥이 훤히 보이는 맑은 물에 벤치와 가로등까지 조화를 이루고 있었다. 얼핏 베네치아 같은 느낌이 들었다. 아니나 다를까. 이곳 이름이 '베네치아 항구'라고 한다. 14세기 때의 모습 그대로이다.

해안을 따라 이어진 1.5킬로미터의 방파제 겸 인도 위에 카페, 레스토랑들이 들어서 있고 그 앞으로 관광용 마차들이 줄지어 서 있다. 아무 곳에나 앉아서 느긋하게 차를 마시며 파란 하늘과 구름, 등대, 산들바람을 즐기는 것도 하니아에서만 느낄 수 있는 행복이다.

빨강, 파랑, 노랑의 원색 대문들과 화사한 벽, 발코니마다 늘어져 있는 제라늄 화분, 독특한 물건을 팔고 있는 상점들, 따사로운 햇살을 받으며 평화로운 얼굴로 뜨개질을 하는 할머니, 꾸벅꾸벅 조는 고양이…… 이 모든 풍경이 하니아 뒷골목의 풍경이다.

마침 시간은 해 질 녘. 내가 가장 좋아하는 시간이다. 붉은 기운이 살짝 스며들면서 아직은 파란 하늘과 흰 구름이 살짝 남아 있는 시간. 골목길의 가로등이 하나둘 불을 밝히고 식당들이 분주해지면서 어디선가 음식 냄새들이 퍼져나가는 시간. 뇌의 송

하니아의 골목

과체에서 멜라토닌과 세로토닌, 엔도르핀 같은 행복 호르몬이 분비되는 시간. 마침내 인간을 몽환적 기분에 젖어 들게 하고 탐닉하게 하는 시간이 바로 이때이다.

라스베이거스와 마카오의 베네시안 호텔에도 곤돌라가 떠다니는 베네치아의 해 질 녘 풍경을 그대로 재현해 놓은 곳이 있다. 그것이 바로 이런 이유 때문이라는 이야기를 어디선가 들어 본 적이 있다. 고객들이 도박과 술, 유희에 빠져들도록 유인하기 위해서라는 얘기이다. 어쩌면 소돔과 고모라에 딱 어울리는 장면이기도 하다.

그때였다. 포구 저쪽으로 누군가 걸어가고 있었다. 자세히 보니 조르바였다. 니코스 카잔차키스도 함께인 듯했다.

"검지 하나가 왜 없느냐고요? 암포라 도자기를 만들자면 물레는 돌려야 하는데, 왼손 검지가 자꾸 걸리적거리니까요. 귀찮고 성가셔서 도끼로 내리쳐 잘라버렸죠, 보스."

카잔차키스는 신기한 듯 봤고 조르바는 더욱 의기양양했다. 두 사람은 물가 카페에 앉아 생맥주를 시켰다.

"인생이오? 당연히 오르막과 가파른 내리막이 있는 법이죠. 사람들은 인생의 급경사에서 간간이 브레이크를 쓰지요. 나는 천만에요. 브레이크 없이 산 지 오래됩니다. 꽈당, 나는 부딪치는 걸 두려워하지 않거든요."

조르바가 잔을 들고 소리쳤다.

"완샷, 노브레끼."

그리고는 또다시 입에 거품을 물었다.

"그따위 책을 모조리 불질러 버리시구랴. 혹시, 책에서 벗어난다면 보스가 겨우 인간이 될지 모르니까요."

마치 소설 속 두 사람이 실제 눈앞에 등장하기라도 한 양 엉뚱한 상상을 해보았다. 그런 상상 속에 나 홀로 카페에 들어가 맥주를 곁들인 저녁 식사를 했다. 안주 겸 식사는 해물모듬세트였다. 역시 신선하고 양이 많았다. 발랄한 20대 초반 여종업원이 호기심 어린 눈빛으로 이것저것 물어본다. 나는 그 여종업원을 말벗 삼아 근사한 저녁을 즐겼다.

식사를 마치고 밖으로 나와 성벽을 따라 등대 부근까지 걸어갔다 왔다. 바닷가 가로등 아래에 마침 비어 있는 벤치가 눈에 들어와 그곳에 앉아 아름다운 풍광을 즐기며 흐뭇한 기분에 빠져들었다. 그 순간만큼은 가장 행복했다. 다른 행복의 순간들이 겹쳐 지나갔다.

세상만사에는 숨은 뜻이 있다. 사람, 동물, 나무, 별, 그 모든 것은 상형 문자다. 그 상형 문자를 해독하며 의미를 짐작하려 드는 자에게는 비탄이 있을 뿐이다. 우리는 그것을 보면서도 이해하지는 못한다. 그것들을 진짜 사람이며 동물이며 나무며 별이라고 여길 뿐이다. 세월이 흐르고 나서야 비로소 이해하지만 이미 때는 늦었으리라……

별이 빛났고 바다는 한숨을 쉬며 조개를 핥았고 반딧불은 아랫배에다 에로틱한 꼬마 등불을 켜고 있었다. 밤의 머리카락은 이슬로 축축했다.

나는 해변에 엎드려 아무 생각도 하지 않고 침묵했다. 오래지 않아 나는 밤과 바다와 하나가 되었다. 내 마음은 꼬마 등불을 켜고 축축하고 어두운 대지에 숨어 기다리는 반딧불 같았다.

별은 하늘 위를 둥글게 운행하고 시간은 흘러가고 있었다. 어떻게 된 영문인지 모르지만, 몸을 일으켰을 때의 내 마음엔 이 바닷가에서 이루어야 할 두 가지 과업이 새겨져 있었다.

붓다에서 벗어나고, 나의 모든 형이상학적인 근심을 언어로써 털어내 버리고, 헛된 번뇌에서 내 마음을 해방시킬 것.

지금 이 순간부터 인간과 직접적이고도 확실한 접촉을 가질 것.

나는 속으로 중얼거렸다. '아직 그렇게 늦은 건 아닐 거야.'

  _니코스 카잔차키스,『그리스인 조르바』중에서

사람에게는 살면서 본 수많은 풍경, 장면 중에 죽을 때까지 영

하니아의 베네치아 항구

원토록 또렷하게 기억에 남는 풍경이 있다고 한다. 내게는 아마도 이곳이 바로 그런 풍경이 될 것 같다. 오죽하면 여행을 다녀온 후 일부러 풍경 스케치를 공부해서 이 항구의 모습을 직접 그리기까지 했다. 그것도 연필 스케치와 30호 캔버스에 수채화까지 두 점이나 그렸다.

사진으로 찍어와 나중에 그림을 그리는 과정에서 새롭게 알게 된 것이 있었다. 현지에서 사진을 찍을 때는 미처 보지 못했던 대상이나 풍경을 나중에 그림을 그리면서 발견하는 것이다. 발견 정도가 아니라 뒤늦게 나의 가슴에, 마음에 속속 들어와 박히는 느낌이다.

하니아의 베네치아 항구 사진에서도 몇 가지가 뒤늦게 발견됐다. 빈 벤치 옆 가로등 위에 새 한 마리. 노을빛이 서서히 물드는 파란 하늘 저편으로 낮게 깔린 희미한 뭉게구름 한 조각. 포구 반대편 쪽의 자동차 두 대. 언덕 위쪽의 집들과 성벽 위 깃발 등등…….

하니아에서 남쪽으로 섬을 가로질러 고지대 쪽으로 올라갔다. 길이 뱀처럼 구불거리며 살아 움직이는 것 같았다. 마치 자동차 경주를 하는 느낌이 들었다. 아니나 다를까. 도중에 만난 자전거 여행자의 말에 따르면 이곳에서 가끔 자동차 경주가 열린다고 한다.

조르바와 춤을

사마리아 협곡 가는 길

주변 경치 또한 지루할 틈이 없다. 섬의 산악지대 정상 부근으로 가보니 멀리 눈 쌓인 산이 보였다. 호텔이 있는 마을을 지나자 레스토랑이 딸린 건물이 자리하고 있었다. 이곳이 하니아 반대쪽 해안까지 내려가는 트레킹 코스의 출발점이다. 트레킹은 보통 7시간 정도 소요된다고 한다. 이 트레킹이 바로 그 유명한 사마리아 협곡 트레킹이다.

그리스 신화를 간직한 에게해의 제일 큰 섬에 있는 원시 자연 같은 계곡 길을 따라 걷는다는 것은 상상만 해도 즐거운 일이었다. 일명 화이트 마운틴이라고 불리는 레프카 오리(Lefka Ori) 산맥에 있는 이 협곡의 길이는 장장 16킬로미터이다. 산의 몸통을 가로질러 남쪽 땅끝까지 내려가는 트레킹이다. 유럽에서 가장 긴 협곡 트레킹 중 하나로, 해마다 수많은 여행자가 이 협곡 트레킹을 위해 크레타를 찾는다고 한다.

내가 도착한 곳은 바로 사마리아 국립공원의 입구가 있는 오말로스(Omalos). 원래는 이곳 매표소에서 표를 산 뒤 협곡에 진입해 가파르고 구불구불한 산길을 한 시간 정도 내려가야 한다. 협곡 아래에 이르면 본격적인 트레킹이 시작된다.

하지만 시간도 없고 도착지에서 하니아로 돌아갈 차편도 마땅치 않아서 이번에는 포기했다. '다음엔 꼭 이곳을 트레킹해 봐야지'라고 생각하며 숙제로 남겨 두었다. 하지만 과연 다시 올 수 있을까 하는 의문이 들었다. 하지만 곧 그런 생각을 지워버렸다.

인연은 사람에게도 있고 장소에도 있다는 말을 스스로 자주 하지 않았나. 인연이 있다면 꼭 다시 올 수 있을 거란 말을 되뇌이며 아쉬움을 달랬다.

달랑 나무 십자가 하나. 카잔차키스의 묘지였다. 조르바의 무덤이기도 하다. 그들은 내게 묻고 있었다.

"지금 자네는 무엇을 하고 있나?"

웬 뜬금없는 질문인가. 나는 시큰둥하게 대답했다.

"보면 모르나. 동방서 이곳까지 여행 왔다. 왜?"

조르바가 실없이 웃었다.

"그 일을 하라. 삶은 자유다. 인간은 자유다."

내게는 카잔차키스가 신성에 거역은 했으되 벗어나지는 못한 것처럼 보였다.

"나는 아무것도 바라지 않는다. 나는 아무것도 두려워하지 않는다. 나는 자유다."

그의 묘비명조차도 인간이 아닌 신에 대한 외침으로 들렸다.

조르바와 춤을

하지만 그것은 단지 묘비명일 뿐이었다.

카잔차키스의 묘지는 이라클리온 성문 밖 하니아 문 근처에 있었다. 빼곡하게 차가 들어선 길가에 겨우 주차를 하고 묘지로 향했다. 도로를 벗어나 계단을 몇 개 오르자 넓지 않은 평지에 직육면체 돌이 얹힌 묘지 하나가 자리 잡고 있었다. 그리 높은 곳은 아니었다. 정확히 말하면 지리적으로 이라클리온의 경계를 벗어난 곳이었다. 하지만 이라클리온 항구가 보이는 전망은 꽤 괜찮았다. 돌로 쌓은 담장 주위로는 마치 목마 조각처럼 생긴 나무들이 눈에 띄었다.

무덤 앞쪽에는 소박한 나무 십자가와 묘비가 세워져 있었다. 화려함은 그 어디에도 없었다. 소박하다 못해 초라했다. 슬픔마저 느껴졌다. 마침 40대 남자와 30대 여자가 무덤 바로 앞에 앉아 있었다. 커다란 개와 함께인 것으로 보아 인근 주민일 가능성이 컸다. 무언가를 먹으며 일종의 피크닉을 즐기고 있는 듯했다. '아니, 세계적 문호의 무덤 앞에서 이게 무슨 무례한 짓인가!' 속으로 적이 놀라지 않을 수 없었다.

카잔차키스의 무덤을 더 오래 기억하고자 사진을 찍으려 했지만, 그 일행들로 인해 사진 각도가 잘 나오지 않았다. 그렇다고 비켜달라고 할 수도 없는 노릇이었다. 나는 하는 수 없이 주변 풍광 사진을 찍으며 잠시 시간을 보냈다. 그리고 그들을 피해서 무덤 사진도 몇 컷 찍었다.

조르바와 춤을

나는 그런 행동을 통해 무언의 메시지를 보내고 있었다. '내가 이 무덤 앞 사진 좀 찍게 옆으로 잠시 비켜줄 수 없을까. 이 사진 찍으려고 동쪽 멀리 코리아에서 이곳까지 날아왔단 말이야'라는 텔레파시를 계속 보냈다. 그러나 그들은 계속 둘만의 밀어만 속삭였다. 이내 준비해 온 샌드위치까지 꺼내 먹기 시작했다. 금세 자리를 뜨기는 글렀다. 나는 하는 수 없이 그들을 피해서 사진을 몇 컷 더 찍은 뒤 발길을 돌릴 수밖에 없었다. 사진 구도가 제대로 나올 리 없었다.

조르바는 책과 영화를 통해 전 세계적 인물이 됐다. 수많은 여행객이 작가인 니코스 카잔차키스의 무덤을 보러 온다. 그런데도 이렇게밖에 관리가 안 되는 것이 못내 안타까웠다. 신성모독의 대가인가. 마지못해 무덤 하나 달랑 만들어놓은 느낌이었다. '우린 별 신경 안 쓰니 볼 사람은 보러 오라'는 메시지와 함께.

카잔차키스는 1953년 그리스 정교회로부터 파문당했다. 『그리스인 조르바』를 비롯해 그의 작품인 『미할리스 대장』, 『최후의 유혹』에서 수도원에 불을 지르고 신성모독을 했다는 이유였다. 그때 그는 그리스 정교회에 다음과 같은 편지를 썼다.

'성스러운 사제들이여, 여러분은 나를 저주하나 나는 여러분을 축복합니다. 그리고 기원합니다. 여러분께서도 나만큼 양심이 깨끗하시기를, 그리고 나만큼 도덕적이고 종교적이시기를'.

그는 과연 신을 모독했을까. 아니면 신의 이름으로 혹은 신을 뒷배로 온갖 모순적 행동을 하는 인간들에게 따끔한 일갈을 퍼부은 것일까. 세상은 바뀌었다. 종교의 아픈 부분을 비웃고 풍자하는 대목조차 받아들이고 성찰하는 것이야말로 믿음과 신앙의 근본적인 존재 이유가 아닐까.

사실 니코스 카잔차키스를 타락한 종교에 대한 저항, 자유의지 차원에서만 보는 것은 한쪽으로 쏠린 시각이다. 그는 그리스에서 비롯된 인류 신화를 사랑했다. 자기 조상 호메로스가 남긴 『오디세이아』와 기독교 신앙에 심취했다. 니체를 흠모했고 붓다의 가르침에도 빠졌다. 한편으로 그는 레닌을 찬양하는 친공산주의자, 친사회주의자인 것으로 알려졌다.

> 끝없이 펼쳐진 러시아의 대지처럼 나의 작은 마음이 외치는 소리를 나도 역시 의식했다. …… 인간은 너무나 오랫동안 불의를 저질러왔으며, 나는 더 이상 그것을 용납하지 않으리라.
> 이것이 러시아의 목소리라고 나는 자신에게 말했으며, 나는 죽을 때까지 그것을 따르겠다고 다짐했다.

> 위대한 세이렌들과 그리스도와 붓다와 레닌처럼 죽은 다음에도 불멸한 자들만이 나를 매혹시켰다.

조르바와 춤을

지 욕망이 있었을 뿐이다. 나는 죽기 전에 되도록 많은 땅과 바다를 보고 만지고 싶었다.

나는 행복했고, 그것을 자각하고 있었다. 행복을 체험하는 동안에 그것을 의식하기란 쉽지 않다. 오직 행복한 순간이 과거로 지나가고 그것을 되돌아볼 때에만 우리는 갑자기 — 이따금 놀라면서 — 그 순간이 얼마나 행복했던가를 깨닫는다. 그러나 이 크레타 해안에서 나는 행복을 경험하면서, 내가 행복하다는 것을 알고 있었다.

_니코스 카잔차키스, 『그리스인 조르바』 중에서

카잔차키스의 무덤가에서 한동안 시간을 보낸 나는 이라클리온이 내려다보이는 벤치에 앉아 음악을 들었다. 스마트폰에 저장해 온 음악이었다. 가수는 그리스 출신의 나나 무스쿠리였다. 검은 뿔테 안경에 긴 머리, 7개 국어를 구사하는 세계적인 가수이다. 약간 허스키하면서도 맑은 그의 목소리를 좋아한다. 그의 조국인 그리스라서 더 그랬을까. 나나 무스쿠리의 목소리가 더욱 애잔하게 내 마음을 파고들었다.

시기

9월에서 4월까지의 비수기에 그리스를 여행한다는 것은 축복이 아닐 수 없다. 통상 6월에서 8월까지가 성수기라고 하지만 그때쯤 그리스는 매우 덥다. 성수기라 호텔과 교통편도 여유가 없으며 물가도 비싸다. 그에 비하면 차라리 가을이나 겨울이 낫다. 지중해성 기후라 날씨도 그리 춥지 않고, 비성수기의 혜택들을 고스란히 누릴 수 있다. 여행객 수가 적은 것은 물론이다.

여행 기간

기본적인 관광지를 가려면 일주일 정도면 가능하고 몇몇 섬까지 보려면 2주 정도 잡으면 무난하다.

여행 콘셉트

서양 문명과 문화의 발상지, 유적지라는 개념을 갖는 게 중요하다. 다른 유럽 국가들처럼 멋진 중세 건물이나 볼거리가 많은 것은 아니다. 오래되고 낡은 유적지의 돌덩이 하나에도 유구한 역사와 창조의 의미가 깃들어 있다.

6장

펠로폰네소스반도
그리스 문명의 모태

#코린토스운하 #팔라미디요새 #나플리오 #스파르타유적지 #올림피아

#코린토스유적지 #아크로코린트 #시시포스의산

소도시의 폐허가 내 눈에 들어왔을 때 나는 잠시 홀린 듯이 그 자리에 얼어붙어 있었다. 정오 가까이 되었을까. 햇빛이 수직으로 쏟아져 내리며 빛으로 바위를 씻어내고 있었다. 폐허가 된 도시에서는 위험한 시각이다. 대기는 망령의 함성과 소란으로 가득하다. 나뭇가지가 부러져도, 도마뱀이 달려나가도, 지나는 길 위로 구름이 그림자를 던져도 알 수 없는 공포가 우리를 사로잡는다. 어디를 밟든 무덤이어서 그 아래 망자의 신음이 들려온다.

_니코스 카잔차키스, 『그리스인 조르바』 중에서

펠로폰네소스는 그리스 남동쪽을 차지하는 반도이다. 중세 때
는 당시 그리스를 다스렸던 베네치아인들에 의해 '모레아(뽕나
무)'라고 불렸다. 반도의 모양이 뽕나무 잎사귀와 닮았다고 해
서 붙여진 이름이다. 동서·남북의 길이가 똑같이 250킬로미터
이다. 그리스 본토와 펠로폰네소스 사이에 코린토스만이 있으며
코린토스 운하가 가로지르고 있다.

기원전 8~5세기에 스파르타, 코린토스 같은 도시국가가 번
성했다. 스파르타는 아테네와 사이에 펠로폰네소스 전쟁(기원전
431~404년)을 벌이기도 했다. 그리스 옛 수도인 나플리오나 고
대 올림픽의 발상지 올림피아도 이 반도에 있다. 동로마 시기 모
레아 군주국의 궁정이 있던 미스트라 역시 이곳 남쪽 험준한 산
악 지역에 있다.

펠로폰네소스는 그리스 문명의 어머니이다. 혹자는 서구 문명의 자궁이라고도 한다. 펠로폰네소스에서 싹튼 씨앗이 꽃을 피우고 열매 맺은 곳이 바로 아테네라는 말이 있다. 펠로폰네소스는 헬레네의 고향이기도 하다. 흔히 헬레네를 일컬어 최초의 팜므파탈이라고 한다. 헬레네 본인의 의도였는지 아닌지는 모르겠지만, 남자들을 치명적인 파멸에 이르게 했으니 그런 말을 들을 수도 있겠다.

그리스 대부분이 그렇지만 이곳은 특히 고대 문명과 관련이 많다. 곳곳에 전설과 신화와 역사가 서려 있다. 코린토스 유적과 스파르타, 나플리오 같은 유서 깊은 땅을 밟는다는 생각에 기대감이 부풀어 올랐다.

코린토스 운하(Korinthos Canal)

아테네를 출발해 왼쪽으로 에게해를 끼고 1시간여를 달리면 코린토스에 도착한다. 펠로폰네소스반도의 관문이기도 한 이곳에는 코린토스만과 살로닉만을 연결해 주는 운하가 있다. 본토와 반도의 경계로, 운하를 가로지르는 차도와 인도가 두 곳을 연결하는 유일한 길이다.

이곳에 운하를 건설하겠다는 계획은 로마의 줄리어스 시저, 칼리굴라 황제도 가졌지만 실행에 옮기지 못했다고 한다. 네로 황제 역시 6,000명의 노예를 동원해 공사를 시작했지만 4년 만에 중단했다고 한다. 운하는 길이 6.34킬로미터, 상부 폭 24.6미터, 하부 폭 21미터, 수심 8미터에 달하는 규모이다. 430킬로미터의 뱃길이 단축됐다. 하지만 수심이 깊지 않고 폭도 좁아 큰 배는 다니지 못한다.

운하의 남쪽 끝에는 이스티미아 경기(포세이돈을 기념하기 위해 코린토스 부근에서 2년마다 열린 제전)가 열리던 유적지가 있다. 관광객들은 이 다리 위에서 사진도 찍고 풍광도 즐긴다. 그림을 아는 사람들은 길게 뻗은 운하를 양쪽으로 보면서 1점 소실점과 원근법의 정수를 감상할 수 있다.

고대 코린토스 도시는 로마에 의해 무너지고 로마에 의해 다시 세워졌다. 아크로코린트 산기슭과 현재의 유적지에 있는 건축물들은 기원전 44년 로마 황제 줄리어스 시저가 재건한 도시의 모습이라고 한다. 지진으로 파괴돼 보존 상태가 좋은 편은 아니지만 코린토스의 영광을 되새기기엔 충분하다.

이곳에는 기원전 46년 복원된 아폴론 신전도 있다. 도리아 양식으로 지어져 올림피아의 헤라 신전 다음으로 그리스에서 가장 오래된 신전이다. 신전의 제관들과 여사제들의 음란한 생활 때문에 코린토스는 퇴폐적 향락의 도시로 유명했다고 한다. 코린토스인은 음란한 사람이라는 의미를 나타내는 은어, '모든 배는 코린토스로 가지 않는다'는 말도 이때 생겨났다고 한다.

코린토스의 아고라 광장 중앙에는 제단이나 단상처럼 보이는 돌 더미가 하나 있다. 이곳은 사도 바울이 재판을 받았던 재판정인 비마(Bema)다. 갈리오가 총독으로 있을 때 코린토스의 유대인들이 사도 바울을 신성 모독죄로 고발해 재판을 받은 자리라

코린토스 운하

고 한다. 비마의 돌에 고린도후서의 한 문구가 쓰여 있다고 한다. '잠시 받는 환난의 경한 것이 지극히 크고 영원한 영광의 중한 것을 우리에게 이루게 함이니'라는 문구가 그것이다. 나는 멀리서 바라만 봤을 뿐 가까이 가서 확인할 수는 없었다.

조르바와 춤을

시시포스(Sisyphus)산

시시포스는 그리스 신화에 나오는 코린토스의 왕으로 코린토스 시의 창건자(창건 당시의 이름은 에피라였다)이다. 그는 지혜롭지만 교활하고 못된 것으로 알려졌다. 시시포스는 제우스의 분노를 사 저승에 가게 되자 저승의 신 하데스를 속이고 장수를 누렸다. 하지만 그 벌로 나중에 저승에서 무거운 바위를 산 정상으로 밀어 올리는 일을 영원히 되풀이하는 형벌에 처해졌다고 한다.

코린토스의 왕이 된 시시포스는 어느 날 제우스가 강의 신 아소포스의 딸 아이기나를 유괴해 가는 것을 보았다. 제우스는 그녀를 오이노네섬으로 데려가 범하였고, 그 사이에서 아들 아이아코스가 태어났다. 아소포스는 사라진 딸을 찾아 그리스 방방곡곡을 돌아다녔지만 소용이 없었다. 시시포스는 아소포스에게 아이기나의 행방을 안다면서 코린토스의 아크로폴리스에 샘물이 솟아나게 해주면 알려주겠다고 했다.

아소포스가 요구를 들어주자 시시포스는 그에게 커다란 독수리 한 마리가 아름다운 아이기나를 품에 안고 오이노네섬으로 날아가는 것을 보았다고 말해주었다. 아소포스가 오이노네섬으로 쳐들어갔을 때 제우스는 벼락을 내리쳐서 아소포스를 다시 원래의 물줄기로 되돌려 보냈다. 이때부터 아소포스 강의 바닥에서는 시커먼 석탄이 나오기 시작했다고 한다.

한편 제우스는 시시포스의 고자질에 분노하여 죽음의 신 타나토스를 보내 그를 저승으로 데려가라고 했다. 하지만 꾀 많은 시시포스는 오히려 타나토스를 속여 토굴에 감금해 버렸다. 그러자 지상에서는 아무도 죽는 사람이 없게 되었다. 이에 신들은 전쟁의 신 아레스를 보내 타나토스를 풀어주었고, 타나토스는 다시 시시포스를 찾아가 기어코 저승으로 데려갔다.

하지만 이를 미리 예상한 시시포스는 저승으로 끌려가기 직전에 아내 메로페에게 절대로 자신의 장례를 치르지 말라고 당부하였다. 저승의 왕 하데스는 지상에서 그의 장례가 치러지지 않는 것을 이상히 여겨 시시포스에게 이유를 물었다. 그러자 시시포스는 아내의 경건하지 못한 행실을 한탄하며 하데스에게 다시 지상으로 보내주면 아내를 응징하고 잘못을 바로잡은 뒤 돌아오겠다고 하였다. 이에 하데스는 그를 다시 지상으로 돌려보냈고 (일설에는 하데스의 아내 페르세포네가 장례를 치르고 오라고 시시포스를

아크로코린트

지상으로 돌려보냈다고도 한다) 시시포스는 돌아오지 않고 지상에서 오래오래 살았다고 한다.

시시포스의 속임수와 얄팍한 행실은 나중에 저승에서 커다란 벌로 돌아왔다. 저승에서 시시포스가 받은 벌은 무거운 바위를 산 꼭대기로 밀어 올리는 것이었다. 그러나 그가 힘겹게 정상까지 밀어 올리면 바위는 다시 아래로 굴러 내려왔기 때문에 시시포스는 영원히 똑같은 일을 반복해야 했다.

프랑스의 실존주의 철학자 알베르 카뮈는 수필집 『시시포스의 신화』에서 이와 같은 시시포스의 노역을 인간이 처한 실존적 부조리를 상징하는 상황으로 묘사하였다. '아무리 밀어 올려도 결국엔 다시 굴러 떨어지는 바위를 끊임없이 산꼭대기로 밀어 올리는 일, 다시 말해 영원히 반복되는 무의미한 노동'은 신이 인간에게 내릴 수 있는 가장 고통스러운 형벌 중 하나였고, 그 점에서 시시포스는 인간의 끝없는 절망의 상징이어야만 했다.

눈앞에 보이는 아크로코린트산이 바로 시시포스의 산으로 보였다. 가파르게 불쑥 솟아 있는 모습에서 지금도 마치 시시포스가 거대한 바윗덩이를 밀어 올리고 있는 듯했다.

언젠가 TV에서 본 다큐멘터리가 떠올랐다. 아마 〈히말라야의 눈물〉이었던 것 같다. 내용은 직접 짐을 지고 히말라야 산지를 오르내리는 셰르파족 여인과 어린 아들의 이야기였다. 그런데 유독 한 장면이 잊히지 않는다. 짐을 지탱하는 끈을 머리에 연결해 고개를 숙이고 산을 오르는 셰르파족 여인의 눈에서 눈물이 뚝뚝 떨어지는 장면이었다. 웬만한 고통은 모두 참아왔던 여인이지만 언제부턴가 생긴 무릎 관절의 문제로 고통스러운 듯했다. 아들은 그런 엄마가 불쌍하면서도 화가 났다. "아프면 일을 그만두어야지 왜 고집스럽게 계속 무리를 하느냐"라며 따지고 있었다. 그러나 엄마는 말없이 또 짐을 이고 걷기 시작했다. 아프지만 계속 걸어야만 하는 운명. 왜? 자식을 위해서다. 그것은 곧 시시포스의 형벌과도 같은 것이었다.

그 후로도 나는 그 장면을 잊을 수가 없었다. 특히 산을 오를 때나 먼 길을 갈 때, 혹은 감당하기 힘든 아픔이나 슬픔을 당했을 때면 그 셰르파족 여인이 고개를 숙이고 산을 오르며 눈물을 흘리는 그 장면이 눈앞에 어른거린다. 그러면서 문득 그런 생각이 든다. 우리의 삶 자체가 시시포스의 형벌은 아닐까…….

앞서 언급한 것처럼 코린토스 사람들은 왜 음란하다는 이미지를 갖게 되었을까. 그것은 미의 여신 아프로디테와도 관련이 있다.

호메로스의 대서사시 『일리아스』에 따르면 아프로디테는 제우스와 오케아니데스(오케아노스의 딸들) 중 한 명인 디오네 사이에서 태어났다. 하지만 헤시오도스의 『신들의 계보』에는 그녀가 크로노스의 낫에 잘린 우라노스의 성기가 바다에 떨어져 그의 정액과 바닷물이 섞이면서 생겨난 거품에서 태어났다고 기록돼 있다. 아프로디테는 '거품에서 나온 여인'이라는 뜻이다.

우라노스의 정액에서 생겨난 바다 거품은 펠로폰네소스 남쪽 키테라섬에 닿았다가 다시 키프로스섬으로 밀려갔는데, 바로 이곳에서 아프로디테가 태어났다. 그래서 아프로디테는 키테레이아(키테라 여인) 혹은 키프리스(키프로스 여인)이라고도 불린다.

아프로디테는 미의 여신으로서 모든 남성을 사로잡는 사랑의 욕망을 주관한다. 반쯤 흘러내린 옷 사이로 속살이 드러난 아프로디테는 남성의 성적 욕망을 자극하는 아름다움을 발산한다. 이는 결혼 생활을 주관하는 헤라의 정숙한 아름다움이나 처녀신인 아테나와 아르테미스의 청초한 아름다움과 대비된다. 트로이의 왕자 파리스는 '가장 아름다운 여인에게 선사한다'고 새겨진 황금사과를 헤라, 아테나, 아프로디테 세 여신 중 아프로디테에게 바쳤다.

그리스 신화에서 가장 아름다운 여신 아프로디테는 가장 못생긴 절름발이 신 헤파이스토스의 아내가 되었다. 이는 제우스가 아들 헤파이스토스를 하늘에서 떨어뜨려 절름발이로 만든 것이 미안하여 그 보상으로 아프로디테를 아내로 주었기 때문이다. 그러나 그 미모와 바람기가 어디 가랴. 애욕의 여신 아프로디테는 헤파이스토스의 조신한 아내로 지내지 못하고 끊임없이 바람을 피웠다.

그중 특히 유명한 상대는 전쟁의 신 아레스이다. 둘은 헤파이스토스가 자리를 비우기만 하면 밤이고 낮이고 만나서 사랑을 나누었다. 보다 못한 태양의 신 헬리오스가 이를 헤파이스토스에게 일러주었다. 헤파이스토스는 분노했지만 일단 아프로디테 앞에서는 태연한 척했다. 그러고는 눈에 보이지 않는 그물을 만들어 아내의 침대에 설치한 뒤 렘노스섬에 다녀온다며 집을 나섰다.

남편이 집을 비우자 아프로디테는 즉시 아레스를 불러들여 침대로 이끌었고, 헤파이스토스가 쳐 놓은 그물에 갇혀버렸다. 헤파이스토스는 모든 신들을 불러 이 광경을 구경시키면서 아프로디테와 아레스에게 모욕을 주었다. 보다 못한 포세이돈이 둘을 풀어주도록 헤파이스토스를 설득했다. 헤파이스토스는 아레스로부터 충분한 보상을 하겠다는 다짐을 받고 나서야 그물을 풀어주었다. 그러나 아프로디테와 아레스의 관계는 그 후로도 계속되어 둘 사이에서는 열 명도 넘는 자식들이 태어났다.

아프로디테와 아레스는 서로에 대한 애욕 못지않게 질투심도 강했다. 아레스는 아프로디테가 미소년 아도니스를 사랑하자 질투심에 불탄 나머지 멧돼지로 변신해 숲으로 사냥 나온 아도니스를 들이받아 죽여버렸다. 또 아프로디테는 새벽의 여신 에오스가 아레스를 유혹하여 그의 사랑을 받게 되자 분을 참지 못하고 에오스에게 저주를 내렸다. 그러자 에오스는 끊임없이 사랑을 갈구하게 되는, 그것도 죽을 운명의 젊은 인간만을 사랑하게 되었다. 이때부터 에오스는 아침마다 지평선 위로 날아올라 사방을 두리번거리며 젊은 청년을 살펴야 했는데, 이런 행동은 그녀의 얼굴에 부끄러운 홍조를 띠게 하였고 그 후로 새벽하늘이 붉게 물들었다고 한다. 아프로디테는 또 헤르메스와 정을 통하여 남녀 양성을 지닌 헤르마프로디토스를 낳았으며, 디오니소스와도 관계하여 엄청난 크기의 성기를 가진 번식력의 신 프리아포스를 낳았다고 한다. 막장 드라마 같지만 그래서 더욱 재미있는 신화이다.

코린토스를 출발해 다시 1시간여를 달리니 거대한 성채 아래 아름다운 항구도시가 눈앞에 펼쳐졌다. 포세이돈의 아들 나플리오스가 세운 것으로 전해지는 나플리오다. 그리스가 아테네로 수도를 옮기기 전까지 옛 수도였다. 고속도로를 빠져나와 나플리오로 가는 길가에는 올리브 나무가 늘어서 있다.

그리스는 올리브의 나라다. 공식적으로 등록된 올리브 나무의 수가 1억 7000만 그루쯤 된다고 한다. 세계 올리브 최대 생산국은 스페인과 이탈리아, 그다음이 그리스로 알려져 있다. 그리스 신화에서 올리브 나무는 아테네의 수호신인 아테나 여신이 인간에게 준 귀한 선물이다. 파르테논 신전 앞 바위에서도 열매가 열린 올리브 나무를 볼 수 있다.

그리스는 1453년부터 약 400여 년간 오스만튀르크(현재 터키)

의 지배를 받았다. 1814년 그리스 독립당이 생기고 1821년 독립전쟁을 치른 뒤 이듬해 1월 에피다우로스에서 독립을 선포했다. 튀르크와 이집트 연합군이 그리스의 독립을 방해하자 영국, 프랑스, 러시아 세 나라가 연합하여 이를 막았다. 1829년 튀르크는 드디어 그리스의 독립을 인정했다. 1830년 런던회의에서 그리스는 국제적으로 독립을 보장받았다.

초대 대통령은 러시아 외상 카포디스트리아스(1776~1831)가 맡았다. 세 연합국의 승리에서 그의 역할을 인정받은 결과이다. 하지만 그는 1831년 반정부 단체에 의해 암살된다. 나플리오의 아기오스 스피리돈 교회에는 암살 당시 생긴 총알구멍이 그대로 남아 있다. 바로 이 시기, 즉 그리스 독립 직후인 1829년부터 1834년까지 첫 수도가 바로 나플리오였다.

구도시에는 바다를 끼고 카페들과 예쁜 기념품점들이 늘어서 있다. 안쪽으로 들어가면 중세풍의 좁은 골목길을 따라 식당과 가게, 호텔들이 모여 있다. 가게 앞쪽으로는 예쁜 꽃들이 장식돼 그냥 두리번거리며 걷기만 해도 시간이 금방 흐른다. 골목 어디서도 보이는 절벽 위의 성채는 그 위용을 자랑하고 있었다. 길은 돌계단을 통해 자연스럽게 성채까지 연결된다.

성채까지 연결된 돌계단

팔라미디 요새와 아크로나플리아 요새

나플리오는 과거 베네치아의 지배를 받던 도시였다. 도시의 동쪽으로 해발 216미터의 팔라미디(Palamidi) 요새가 있다. 정상까지 계단은 999개. 팔라미디 요새는 1714년 베니스 왕국에 의해 지어졌다.

팔라미디 요새의 이름은 호머의 글에 등장하는 영웅 '팔라미디스'에서 유래됐다고 한다. 베네치아인들이 성채를 쌓은 지 사흘 만에 튀르크군에 함락당한 아픈 역사를 갖고 있다. 하지만 그리스 독립전쟁 당시에는 튀르크군의 포위 속에도 15개월 동안이나 함락되지 않았다고 한다.

나는 999개(실제로는 913개인데 숫자의 상징성 때문에 그렇게 부풀려졌다는 주장이 있다. 직접 확인하려다 도중에 외우던 숫자를 까먹어 실패했다)의 계단을 따라 오른 뒤 요새 내부로 들어갔다. 요새에서 내려다본 해안선은 역시 한 폭의 그림이었다. 평소 좋아하는, 선명하면서도 짙푸른 쪽빛이었다. 마을의 주황색 기와들이 바다와 조화를 이루었다. 해안에서 멀지 않은 곳에 커다란 군함처럼 보이는 섬이 있었다. 브르치(Bourtzi) 요새다.

항구에서 600여 미터 떨어진 바다 한가운데에 요새가 들어선 이유는 이렇다. 애초에 이곳에 암초가 있어 항구를 출입하는 함선이 좌초될 위험이 컸다고 한다. 항행의 위험을 줄이고 항구 출입을 통제할 목적으로 아예 이곳에 작은 섬을 만들고 요새로 만든 것이다. 19세기엔 감옥으로 쓰이기도 하고 은퇴한 사형집행인들이 살았다는 으스스한 얘기도 있다.

하지만 이젠 나플리오의 상징물이 될 만큼 정겹다. 부두에서 이곳까지 오가는 보트를 이용해 직접 둘러볼 수도 있다고 한다. 그러나 시간이 부족한 여행자들은 멀리서 바라보는 것도 괜찮을 듯싶다. 성채에서 바다 위 군함처럼 떠 있는 요새를 내려다보는 장면은 아름다우면서도 신비로웠다.

요새의 성채는 견고했다. 미케네성과 같은 축성 기술에 기반을 두고 있다고 한다. 크고 작은 돌을 직육면체로 깎아서 성을 쌓는 기술은 다른 나라의 축성 기술과 별반 차이는 없어 보였다. 나는 요새 곳곳을 오르내리며 경치도 구경하고 앉아서 쉬기도 했다. 따사로운 햇살과 부드러운 바람, 눈 아래 바다의 멋진 풍

팔라미디 요새

광은 더없는 행복감을 안겨주었다. 요새를 다시 걸어서 내려온 뒤 아기자기한 골목길을 이리저리 돌아다녔다. 오른쪽으로 아크로나플리아 요새(Akronafplia Fortress)가 보였다.

나플리오에는 두 개의 성채가 있다. 구시가지인 항구에 맞닿아 남동쪽으로 길게 뻗은 100여 미터 높이 산등성이에 구축된 것이 아크로나플리아 요새이다. 또 북동쪽으로 이어진 216미터 높이의 산 위에 구축된 것이 팔라미디 성채이다. 구시가지에서 바라보면 왼쪽 산 정상에 우뚝 솟은 곳이 팔라미디 성채이고, 오른쪽의 낮은 산등성이에 있는 것이 아크로나플리아 요새다.

아크로나플리아 요새 역시 구시가지 중심지와 바로 이어진다. 입장료는 없다. 걸어서 15분 정도 올라가면 아름다운 나플리오 시가지와 항구, 그리고 여기서도 역시 브르치 요새가 한눈에 들어온다. 아크로나플리아 요새는 13세기에 베네치아인들에 의해 도시를 둘러싼 성채의 일부로 구축되었다. 성채의 벽에는 베네치아 공국의 문장(紋章)인 사자상이 남아 있다. 이 사자상은 베네치아가 지배했던 크레타섬의 이라클리온 해안 성채에도 설치되어 있다.

아크로나플리아 요새는 팔라미디 성채보다 규모는 작지만 항구를 제압하는 중요한 위치를 차지하고 있다. 팔라미디 성채를 오를 시간이 부족한 관광객들이 둘러보기 적합한 곳이다. 이 산등성이를 오르지 않고 언덕 아래에 조성된 둘레길을 따라 걸으

팔라미디 성채에서 바라본 에게해와 펠레폰네소스반도

며 에게해의 풍광과 깎아지른 듯 절벽처럼 서 있는 풍경을 보는 것도 괜찮다.

펠로폰네소스반도는 자유를 갈망한 그리스인들이 무장투쟁을 하는 가운데 많은 피를 흘린 곳 중의 하나이다. 팔라미디 성채는 독립전쟁 당시 튀르크의 공격을 15개월 동안 막아낸 자유의 마지막 보루 역할을 했다. 특히 그리스 독립전쟁의 영웅 테오도로스 콜로코트로니스(Theodoros Kolokotronis, 1770~1843)의 주 활동 무대가 바로 펠로폰네소스반도였다. 철옹성을 자랑하던 팔라미디 성채는 튀르크의 공격으로 1715년에 함락당했다. 이후 그리스 독립운동이 일어나 1822년에 그리스가 다시 주권을 찾을 때까지 나플리오는 튀르크의 지배를 받았다.

니코스 카잔차키스는 『모레아 기행』에서 "콜로코트로니스의 삶은 한 편의 드라마였고, 풍요로운 현대 그리스인의 영혼 바로 그것이었다"라고 전하면서 그를 그리스 민족의 위대한 지도자로 평가했다. 이런 독립 영웅들이 맹활약하던 근거지였던 나플리오는 1822년 그리스가 독립선언을 하고, 그리스 전역에서 튀르크 세력을 완전히 축출한 후 1829년부터 1834년까지 독립 그리스의 첫 수도가 되었던 것이다.

나플리오는 그리스의 나폴리로 불리기도 한다. 그만큼 그리스에서 가장 아름다운 항구도시이다. 하지만 이 땅을 되찾기 위해 숱한 독립 영웅들이 흘린 피와 땀이 서려 있는 곳이기도 하다.

조르바와 춤을

그랬던 곳이 지금은 과거의 치열했던 전쟁의 상흔을 잊은 채 관광객들이 즐겨 찾는 명소가 되었다. 나는 나플리오의 역사를 읽으며 아르고스만의 푸른 바다와 아름다운 풍광, 노천카페의 낭만과 여유를 즐겼다.

스파르타식 교육과 영화 〈300〉. 스파르타를 향하면서 가장 먼저 떠오르는 두 가지이다. 빈약한 내 지식의 한계를 탓해야 하나. 부끄럽지만 스파르타에 대해 아는 것이라곤 대충 그것밖에 없었다. 그래서 더욱 궁금했다. 어떤 곳일까.

직접 가본 스파르타는 이렇다 할 건물이나 유물이 없었다. 아주 오래된 듯한 올리브 나무 숲과 폐허처럼 변해버린 유적지, 그리고 굴러다니는 유물 조각들이 거의 전부가 아닌가 싶었다.

스파르타 주변 펠로폰네소스반도의 남쪽 지형은 험준했다. 길은 절벽 위의 잔도처럼 좁고 거칠었다. 외부 침입자들이 왜 함부로 이곳을 침범할 수 없었는지 얼핏 이해가 갔다. 스파르타인들의 용맹함과 엄격한 교육도 바탕이 됐겠지만 우선 지형적으로

스파르타 유적지 전경

접근이 쉽지 않았을 것 같다. 그래도 경치는 멋있다.

　스파르타 시대에 들어서면 가장 먼저 눈에 들어오는 것이 칼과 방패를 들고 왼쪽을 응시하고 있는 청동상이다. 스파르타의 영웅 레오니다스 동상과 그의 무덤이다. 이어진 유적지에는 10~11세기 비잔틴 교회와 로마 시대 목욕탕 등의 유적이 남아있다. 지금까지도 발굴이 진행 중이다. 북동쪽에는 아르테미스, 오르티스 신전 터가 있다. 언덕 위 아크로폴리스에는 아테나 신전과 아고라, 고대 극장들이 있던 유적지가 남았다. 그 주변으로는 기괴하게 뒤틀린 모양의 오래된 올리브 나무 숲이 펼쳐져 있다.

　자료들에 따르면 고대 그리스의 여러 폴리스 중 하나였던 스파르타는 펠로폰네소스반도 남동부의 라코니아 지방, 에우로타스강 유역에 있던 도시 국가였다. 동쪽으로 파로논 산맥, 서쪽으로 타이예토스 산맥, 오로스 산맥으로 둘러싸인 계곡에 위치하고 있다. '라케다이몬'이라고도 불렸으며 폐쇄적 사회체제, 엄격한 군사교육, 강력한 군대 등으로 유명하다. 다른 폴리스들은 산지였기 때문에 자연스럽게 교류를 했으나, 스파르타는 평야 지대에 있어 자급자족이 가능했고 그래서 더욱 폐쇄적인 체제 유지가 가능했다.

　기원전 11~12세기경 도리아인들이 스파르타 지역에 정착한 이후 한동안 내전 상태를 겪다가 리쿠르고스의 개혁을 토대로 국가의 면모를 일신하였다. 이들은 두 차례의 메세니아 전쟁을

레오니다스 동상

통해 메세니아인들을 농노로 편입시키고 그리스의 맹주로 부상했다. 기원전 480년 그리스와 페르시아 간 전쟁에서 그리스 동맹군을 지휘하여 승리하면서 맹주국으로서의 위상을 공고히 했다.

그러나 코린토스 전쟁에서 다른 그리스의 도시국가들과 대립하다가 레욱트라 전투에서 패배한 데 이어 스파르타의 노예인 헬로트들이 반란을 일으키며 쇠퇴했다. 결국 포에니 전쟁을 거치며 아카이아 연맹에 편입됐고 훗날 로마에 복속됐다. 그러나 로마 지배 이후에도 상당 기간 전통적 관습을 유지했다.

스파르타는 국가가 형성될 때부터 군국주의적 과두체제를 유지했다. 즉, 2명의 왕이 통치자로 공동 집권했다. 자유민들로 이루어진 민회는 28명의 원로원 의원과 5명의 민선 장관을 선출해 정치를 위임하였다. 계급으로는 자유민인 스파르타인과 노예 상태의 헬로트, 그 중간 단계인 페리오이코이가 있었다. 스파르타가 메세니아를 정복한 이후 메세니아인들은 헬로트가 되어 노예 생활을 했다. 자유민들은 노동에 종사하지 않고 군사 훈련에 전념하였으며, 이는 오늘날 스파르타식 교육으로 잘 알려져 있다.

스파르타인들의 자존심과 교육에 대해 생각해 본다. 그리스의 기념품 가게에는 스파르타 전사의 구호 'Molon Labe'가 찍힌 티셔츠가 많이 걸려 있다. '와서 빼앗아 보라'는 뜻이다. 이것만 보더라도 그들의 자존심과 용맹성을 읽을 수 있다. 스파르타에서는 시민들이 법을 억지로 지키도록 할 것이 아니라 습관과 태도와 같은 일상 속에 스며들게 해야 한다는 신념이 있었다고 한다. 교육에서는 정신과 육체를 특별히 구별하지 않는 스파르타 특유의 조화를 추구했다고 한다.

영화 〈300〉으로도 잘 알려졌듯이 이들에게는 왕과 함께하는 300명의 근위대에 뽑히는 것이 최대 영광이었다. 그러나 막상 여기에 뽑힌 이들은 합격을 자랑하기보다는 스파르타에 자신보다 훌륭한 전사가 299명이나 더 있다는 사실에 겸손함과 자부심을 동시에 느꼈다고 한다. 강한 전우애는 말할 것도 없다. 이런 전사들이었기에 비록 소수라도 무적이었다. 근위대는 대를 이을 아들을 둔 40대 이상 시민 중에서만 선발했다.

레오니다스는 "살아서 그리스인을 다스리느니 죽어서 자유를 지키겠다"라고 소리쳤다. 고대 그리스인들에게 전쟁이란 생존이나 권력의 문제가 아니라 가치와 자존심의 문제였다. 그들은 늘 자기 스스로 다짐을 했다. "방패를 들고 돌아오지 못하겠거든 차라리 그 위에 누워서 돌아오리라."

오늘날의 그리스는 동상의 나라다. 한때는 빛나는 대리석 조각들이 도시 곳곳에 서 있었겠지만, 대부분 파괴되고 일부는 약탈당해 현대식 동상이 그 자리를 대신하고 있다. 레오니다스 동

폐허처럼 변해버린 스파르타 유적지

상도 비장미가 대단하다. 언젠가 자신도 죽음의 칼날에 희생될 것이라는 운명을 깨달은 듯한 표정이다.

　스파르타 유적지 부근의 가파른 산등성에는 낡은 성채 하나
가 위치해 있다. 자동차로 그리 멀지 않은 거리를 가면 미스트라
성채를 만날 수 있다. 그리스 비잔틴 제국 최후의 보루였던 곳이
다. 중세에는 펠로폰네소스반도 전체가 모레아로 불렸다. 이 모
레아의 영주가 프랑크족인 윌리암 드 빌라르두앵이었다. 1246년
경 그가 이곳에 건설한 성채가 바로 이것이다.

　성채로 가는 입구에는 비잔틴의 마지막 황제인 콘스탄티누스
11세 동상이 서 있다. 그는 콘스탄티노플에서 오스만튀르크를
상대로 끝까지 저항하다 장렬하게 전사했다. 마지막 전투에서
그는 거추장스러운 황제 장식을 모두 떼어내고 일개 병사 복장
으로 적진에 뛰어들었다가 전사했기 때문에 시신을 찾을 수 없
었다고 전해진다.

미스트라

콘스탄티노플이 함락된 이후 비잔틴 제국은 이곳 미스트라에 서 7년을 더 버티다가 1460년 최후를 맞았다. 콘스탄티노플보 다 7년을 더 버티며 항전을 한 곳이니 그리스인들에게는 영광의 땅이기도 하다. 그리스는 이후 1832년 독립하기까지 370여 년 간 오스만튀르크의 지배를 받았다. 미스트라는 그리스인들의 영 광과 아픔이 서려 있는 역사의 현장이다.

구불구불한 산길을 올라가자 폐허가 된 성채와 교회당 흔적들 이 나타났다. 해발 600여 미터의 산비탈 아래로는 드넓은 평원 이 펼쳐졌다. 돌덩이들은 수많은 사연을 품은 채 여기저기 나뒹 굴고 있었고 그 사이로 이끼와 야생화들이 피어 있었다.

불현듯 화려한 영광의 시절과 처절한 전투의 장면들이 겹쳐 지나가는 듯했다. 중세 미스트라가 환영 속에서 가물거렸다. 스 파르타와 비잔틴의 흥망성쇠가 다 무엇이란 말인가. 구르는 돌 덩이, 희미해진 벽화, 한 송이 꽃으로 남을 뿐인데. 순간 하얀 새 한 마리가 교회당 종탑 위로 날아올랐다.

올림피아(Olympia)

미스트라에서 올림피아로 가는 길은 크게 두 가지 루트가 있다. 내륙 쪽 산길과 칼라마타라는 해안 지역을 거쳐 가는 코스다. 나는 남쪽 항구도시를 거쳐 가는 길을 택했다. 시간은 대략 2~3시간 정도 소요된다. 두 가지 코스 모두 멋진 드라이브를 즐기기에 손색없는 코스다. 구절양장(九折羊腸) 절벽 길을 오르내리며 때로 자연이 만들어낸 터널을 통과하기도 한다.

도중에 약간의 해프닝이 있었다. 구글맵이 안내하는 내비게이션을 따라가던 중 갑자기 도로가 사라지고 흙길이 나타났다. 소형차 한 대조차 지나가기 힘든 좁은 오솔길이었다. 주위로는 올리브 나무가 빼곡했다. 길을 잘못 찾아 올리브 과수원으로 들어선 것이다. 내비게이션이 안내한 길보다 20미터쯤 전에 있는 작은 오솔길로 미리 좌회전을 해버린 결과였다.

좁은 길은 작은 농업용 트렉터 같은 것들이 다니기 위한 길이었다. 길이 워낙 좁아 후진도 불가능한 데다가 이미 너무 많이 들어와 버린 상태였다. 상황이 파악되었을 때는 이미 빠르게 어둠이 깃들기 시작했다. 인적은 전혀 없었다. 한 치 앞도 알 수 없는 드넓은 과수원에 홀로 갇혀 헤매는 중이었다.

머릿속이 복잡해졌다. '긴급 비상전화를 해야 하나?', '번호를 모르는데?' 하는 수 없이 눈을 부릅뜨고 20여 분을 계속 전진하자 작은 포장도로가 나타났다. '하나님 아버지, 감사합니다.' 가슴을 쓸어내렸다.

겨우 올림피아에 도착했는데, 이번에는 예약해 놓은 B&B 숙소를 찾는 과정에서 또 한 차례 곤욕을 치렀다. 당초 예정 시간보다 늦게 도착하다 보니 유적지 마을 전체가 컴컴해서 길 찾기가 쉽지 않았다. 숙소 또한 골목 안쪽에 위치해 있어서 더더욱 헷갈렸다. 우선 공영 주차장을 찾는다며 차를 몰아간 곳이 도착하고보니 기차역의 플랫폼 위였다. '어이쿠' 싶어서 겨우 차를 돌렸다. 우여곡절 끝에 숙소에 도착해서 짐을 풀고 근처 식당에서 반주를 곁들인 식사를 하면서 겨우 마음을 진정시킬 수 있었다.

다음 날 아침 올림피아 유적지와 고대 올림픽 경기장부터 찾았다. 고대 그리스 제전은 여러 곳에서 열렸다. 가장 성대하고 유명했던 것이 이스트미아(Isthmia), 피티아(Pythia), 네메아(Nemea), 올림피아(Olympia) 등 4대 제전이다. 그중에서도 4년마다 열리는 올림피아 제전이 가장 오랫동안 지속됐다고 하는데, 기록에는 기원전 776년부터 기원후 349년까지 무려 1000년 동안 개최됐다고 한다. 제전이 열리는 동안에는 전쟁도 잠시 중단했다. 이것이 오늘날 '올림픽'의 유래이기도 하다.

고대 올림피아 유적지 역시 기둥만 몇 개 남은 신전들과 무너진 돌덩이들 천지였다. 제일 먼저 눈에 들어온 것은 굵직하게 솟아 있는 제우스 신전 기둥이었다. 이곳 신전들은 대부분 무너져 기둥 받침들만 늘어서 있는 형태이다. 개중에는 로마 시대에 만들어진 것도 있다.

유적지 사이로 이리저리 놓인 길 위로 인상적인 장면이 포착됐다. 큰 나무 아래 아버지와 어린 오누이가 손을 잡고 서 있는 모습이었다. 아버지가 유적지 안내문을 읽고 있는 사이 여동생은 저보다 더 어린 남동생 손을 꼭 잡고 있고 남동생은 아버지가 뭘 보나 하고 고개를 갸우뚱 내밀고 있었다. 키 차이 때문에 가족이 서 있는 모습이 삼각형 구도로 보인 것도 눈길을 끌었다. '엄마는 어디 있을까', '그리스인일까, 유럽인일까. 아니면 바다 건너 왔을까' 장면 하나가 여러 스토리를 담고 있는 듯했다. 두고 온 나의 가족 생각도 났다.

그렇게 따뜻한 장면을 뒤로하고, 천천히 유적지를 돌다가 원

기둥 3개가 남아 있는 제단 터에 머물렀다. 눈에 익었고 금세 알아봤다. 오늘날 올림픽 성화가 채화되는 헤라 신전이었다. 이곳 유적지에서 가장 오래된 건물이라고 한다. 여신 복장의 여사제는 없다 해도 인증샷은 잊지 않고 남겼다. 그 밖에도 당시의 체육관과 보물창고, 숙박시설 같은 건물들이 기초만 남은 형태로 남아 있다.

고대 올림픽 경기장은 유적지를 걸어 들어간 안쪽에 있었다. 생각보다 보잘것없어 보였다. 물론 그 당시에는 크고 화려했을 것이다. 어릴 적 시골의 초등학교 운동장도 그 시절에는 넓고 커 보였지만 훗날 성장해서 찾아가 보면 작고 아담하지 않은가. 그런 느낌이라고 할까. 관중석도 그리 급하지 않은 경사로 운동장 가장자리를 따라 비스듬하게 조성돼 있을 뿐이었다.

운동장 안쪽으로 걸어 들어가 잠시 눈을 감았다. 타임머신은 빠르게 시간을 거슬러 올라갔다. 넓은 초록의 언덕 스타디움에 관중들이 빼곡했다. 운동장에는 달리기가 한창이었다. 고대 그리스인들이 뛰는 모습이 보이고 관중들의 함성이 들려왔다.

올림피아 유적지의 헤라 신전

고대 올림픽 경기장

계절의 어김없는 리듬, 무상한 생명의 윤회, 태양 아래서 차례로 변하는 대지의 네 가지 얼굴, 생자필멸(生者必滅),이 모든 사실이 다시 한 번 내 가슴을 조여 왔다. 다시 한 번 해오라기의 울음소리와 함께 내 속에서 무시무시한 경고의 소리가 울렸다. 생명이란 모든 사람에게 오직 일회적인 것, 즐기려면 바로 이 세상에서 즐길 수밖에 없다는 경고였다. 영원히 다른 기회는 주어지지 않을 것이다.

_니코스 카잔차키스, 『그리스인 조르바』 중에서

이번 그리스 여행은 지난번 중남미 여행 때와는 분명히 다른 점이 있었다. 중남미행은 당시 내게 닥친 상황이 너무 힘들어서,

하는 수 없이, 도망치듯, 망명하듯 홀로 길을 나선 것이었다. 그러나 이번 그리스 여행은 모두가 힘들게 살아가고 있는 세상 사람들에게 순수한 마음으로 다가가겠다는 자세로 여행을 시작했다. 마치 백림이라는 새로운 호처럼. 그러기 위해서는 최초 인류 문명의 단서인 신들의 나라, 그 흔적들을 직접 눈으로 보고 느끼고 싶었다.

그리스를 여행하면서 새삼스럽게 문득문득 몇 가지를 깨달은 바가 있다. 우선 이 세상에는 내 처지보다 못한 사람들이 훨씬 많다는 점이다. 곰곰이 생각해 보니 지금까지는 주로 나 중심적인 고뇌에 빠져 있었다. 내 인생이 다른 사람들보다 유독 복잡하고 기구하다고 여겼다. 어찌 보면 당연한 이야기일 수도 있다. 인간은 누구나 그런 식의 자기 연민이나 자기 위주의 번뇌에 갇히기 쉽기 때문이다.

그러나 사실 따져보면 나의 인생은 나름 선택받은 인생이었다. 우여곡절이 있었다고는 하나 늘 다른 길이 열렸다. 적어도 현재까지는. 절망 속에서도 죽으란 법은 없었다. 아직은 암에 걸린다거나 팔다리가 어디 한 군데 부러진 일도 없다. 외모도 크게 잘난 건 없지만 못 봐줄 정도는 아니다. 내일모레면 육십을 바라보는 나이임에도 여전히 산에도 곧잘 다닌다. 하루 10킬로미터 정도는 무심하게 걸어 다니면서 즐길 수도 있다. 사랑하는 가족이 있고 힘들고 외로울 때 함께 술잔을 기울일 친구도 몇이나 있다.

조르바와 춤을

물론 아픔도 있었다. 하지만 그 정도는 웬만한 사람이면 누구나 겪을 법한 일들이다. 서로 사정을 몰라서 그렇지, 직접 그런 일을 안 당해봐서 그렇지, 알고 나면 피차일반이다. 힘들게 사는 사람들을 보면서 나의 신세타령도 일종의 사치일 수 있음을 깨달았다. 그리고 그 깨달음의 끝은 '결핍'이라는 두 글자로 이어졌다.

마음을 가난하게 하는 것.
스스로 성찰에 이르게 하는 것.
예술과 창조의 힘이 되는 것.
그것이 무엇일까.
그렇다. 그것은 결핍이다.

억압되고 구속돼 봐야 자유의 소중함을 안다.
못 먹어봐야 위, 장, 치아의 소중함을 안다.
못 걸어봐야 걷기의 기적을 실감한다.

결핍을 알아야 참 행복을 안다.
결핍을 겪어야 감사함을 안다.

하나가 더 생겼다.

예상치 못한 결핍이다.

늘 곁에 있어서 그 소중함을 몰랐던 것.

맨입으로 들이마시는 공기와 그대의 숨결.

마스크를 써봐야 그동안 말이 너무 많았음을 안다.

말은 많고 행동은 경박했다.

살아서 침묵하지 않으면 죽음으로 침묵하게 된다.

끝나지 않은 사유의 여정

왜 하필 그리스였을까. 처음 이곳 그리스로 떠나올 때부터 가졌던 가장 본질적인 질문 중 하나이다. 그리스는 물론 풍요의 땅이기도 하다. 천지에 올리브와 오렌지가 널린 축복의 나라라고 할 수 있다. 잠깐 다녀가는 여행자의 눈에는 그렇게 보였다. 그러나 남북으로 뻗고 동서로 가로지르는 산맥으로 경계 지어진 200여 곳의 폴리스가 허구한 날 피 튀기는 전쟁을 벌인 곳이다. 서로 빼앗을 것이 떨어지면 떼를 지어 바다로 나아가 해적질이나 일삼던 땅이다. 이곳에 새로운 문명이 태동한 이유는 과연 무엇이었을까.

문명의 조건이 비옥한 대지에 넘치는 인구와 풍요로움 같은 것이라면, 그리스는 오히려 그 반대 요소가 많은 땅이다. 여름 내내 비 한 방울도 구경하기 어렵다. 허기와 갈증으로 쩍쩍 갈라지는 땅이다. 전체 강수의 90퍼센트가 불과 한두 달 사이에 쏟아진다. 때로는 한꺼번에 비를 퍼부으며 애써 개간한 밭들을 휩쓸어가 버리기도 하는 저주받은 땅이다. 살갗을 태울 듯이 작열하는 태양에 거친 해류와 폭풍이 수시로 변덕을 부리는 바다를 접한 나라이다.

이곳에 찬란한 서구 문화와 학문이 태동한 것을 어떻게 해석해야 할까. 그것은 아마도 고통스러운 현실을 바라보는 시각의 차이에서 비롯된 것이 아니었을까. 천국과 지옥은 우리 마음속에 있는 것이다. 불교의 일체유심조(一切唯心造), 일대심령(一大心靈)과 일맥상통하는 이야기이다. 신화의 세계도 마찬가지이다. 얼마만큼 깊이 생각하고 아느냐에 따라 신화처럼 신비로운 삶을 살 수도, 그냥 평범한 인간의 삶을 살 수도 있다는 생각이 들었다.

해답은 인간과 자연의 융합이 아닐까 하는 결론에 이르렀다. 고대 그리스인들은 위대한 자연을 있는 그대로 받아들이되 인간을 닮은 신으로 여겼기 때문에 가능했을 것이라는 추론을 해보았다. 한편으로는 이런 단상도 떠올랐다. 신화는 곧 전설이 되고, 전설은 다시 역사가 된 것은 아닐까. 그렇다면 그 반대도 성립할 것이고.

오상아(吾喪我)

하늘과 땅 사이에서 사람이 사는 시간은 천리마가 벽의 갈라진 틈새를 내달려 지나치는 순간과 같다.

_『장자(莊子)』, 「지북유(知北遊)」편

그리스를 여행하면서 줄곧 따라다닌 화두는 삶과 죽음에 관한 것이었다. 신들의 나라, 유적지의 나라라서 그랬을지도 모른다. 설사 그리스가 아니라도, 굳이 여행이 아니라도 일상의 삶에서 이 주제는 우리 곁에 늘 함께한다.

『장자』 제물론(齊物論) 편에 '오상아(吾喪我)'라는 말이 있다. 오상아의 오(吾)는 인격적으로 성숙해지고 우주 질서의 깨달음을 얻은 자아이다. 아(我)는 기존의 가치와 이념에 빠져있는 자아, 즉 에고(ego)이다. 깨달은 나, 성찰의 나인 오(吾)가 이런 '나'와 결별해야 비로소 보다 자유롭고 고양된 경지에 도달할 수 있는 것이다. 플라톤의 이데아나 니체의 초인이기도 하고 장자가 말한 소요(逍遙)의 단계이기도 하다.

그러나 나는 '내가 나의 상(喪)을 치른다'는 뜻으로 그저 단순하게 해석한다. 대사일번 절후소생(大死一番 絶後蘇生), 즉 크게 한번 죽어서 다시 살아나야 완전히 변한다고 하지 않았나. 내게는

'오상아'가 기존의 나를 스스로 죽여 없애야 새로운 나로 거듭날 수 있다는 뜻으로 받아들여졌다. 그리고 지나온 삶을 되돌아보면 그런 일들이 몇 차례 있었던 것 같다.

내 뜻대로 되는 일은 하나도 없고 갈 곳도, 불러주는 이도 없는 암울한 상황이었다. 억울해도 들어주는 이, 하소연할 곳이 없는, 외로움과 절망의 나날들이었다. 그럴 때는 내가 나를 죽이는 것 외에 달리 방법이 없었다. 그냥 죽이는 것만으로는 부족했다. 장사까지 치러서 잘 보내주고 싶었다. 그런 삶이, 그런 상황이 다시는 되풀이되지 않았으면 하는 바람이었다.

성경의 요한복음 12장 24절에도 비슷한 대목이 있다. "한 알의 밀이 땅에 떨어져 죽지 아니하면 한 알 그대로 있고, 죽으면 많은 열매를 맺느니라"라는 말이 그것이다. 스스로 죽어서 싹을 틔우는 것이야말로 '오상아'와 일맥상통하는 것이다. 그런 '오상아'에 관한 상념들이 그리스 신전과 수도원, 유적지와 섬들을 여행하는 내내 나의 뇌리를 스쳐갔다.

죽으면 사는 것.
낮추면 높아지는 것.
내려놓으면 소유하게 되는 것.

몸에 맞지 않는 큰 모자, 큰 옷을 입고 아등바등하는 것보다

누가 보더라도 몸에 비해 소박한 모자와 옷이 낫다.
무한한 가능성을 품은 채 여유 있게 일하는 것이 낫다.

거들먹거리기, 교만, 오만, 방자함보다는
늘 겸손하고 배려하는 삶이 낫다.

내려놓고 양보하고 비우고
마침내 나를 죽여
더 자유로운 나를 찾는 것만이
진정한 자유를 얻는 길일지니.

메멘토 모리, 카르페 디엠

　오상아는 결국 조르바가 추구하는 '메멘토 모리'나 '카르페 디엠'같은 말과도 통한다. 메멘토 모리(Memento mori)는 '자신의 죽음을 기억하라', '너는 반드시 죽는다는 것을 기억하라', '네가 죽을 것을 기억하라'는 뜻의 라틴어이다.
　로마의 개선장군이 시가행진 때 노예를 시켜 뒤에서 큰 소리로 이 말을 외치게 했다. 이는 곧 '전쟁에서 승리했다고 너무 우쭐대지 마라. 지금은 개선장군이지만 너도 언젠가는 죽는다는 것을 기억하라'는 경고이다. 오만과 과욕을 경계하는 주문이기도 하다. 중세 수도사들의 아침 인사였다는 얘기도 있다.

비슷한 의미의 라틴어에 '아모르 파티(Amor fati)'라는 말이 있다. 운명을 받아들이고 사랑하라는 뜻이다. 고통과 상실, 불행 등 운명을 긍정하고 받아들여 사랑함으로써 인간 본래의 창조성을 키울 수 있다는 사상이다. 운명을 거부하거나 회피하지 말고 맞서서 수용하고 개척해 나가라는 의미이다.

아프리카 스와힐리어에는 비슷하게 사용되는 말로 '하쿠나 마타타(Hakuna matata)'가 있다. '문제없다'는 뜻이다. '근심, 걱정이나 골치 아픈 과거 일들은 모두 다 떨쳐버리고 현재에 충실하라'는 경구이다.

로마의 공동묘지 입구에 가보면 '호디에 미기 크라스 티비(Hodie mihi, cras tibi)'라는 글이 새겨져 있었다고 한다. '오늘은 나에게, 내일은 너에게'라는 뜻이다. 다시 말해 오늘은 내가 관이 돼 들어왔지만, 내일은 네가 들어올 것이라는 말이다. 타인의 죽음을 통해 당신의 삶을 생각하라는 것이다.

북미대륙의 나바호족의 메멘토 모리 이야기도 비슷하다. '네가 세상에 태어날 때 너는 울었지만 세상(주위 사람들)은 기뻐했으니, 네가 죽을 때 세상은 울어도 너는 기뻐할 수 있는 그런 삶을 살아라'가 그것이다. 이런 아포리즘들은 결국 '현재를 잡아라'라는 뜻의 라틴어 '카르페 디엠(Carpe diem)'과 통한다. 지금

순간에 충실하고 현재를 즐기라는 주문이다. 조르바가 추구했던 삶도 바로 이런 것이 아니었을까.

그렇다면 나의 삶은 어땠나. 돌이켜본다. 분명 주체의 삶을 살고자 했는데 객체의 삶을 살고 있다. 주인공이 되고 싶었는데 주변인이 돼버렸다. 한때 자유로워지고 싶어 회사도 그만두고 무작정 나서봤지만, 자유란 어디에도 없었다. 그저 실패의 연속이었다. 나 스스로가 내 인생의 주인공이 되는 자유로운 삶을 살고자 했는데 매인 인생을 살게 됐다. main(메인) 인생이 아니라 매인 인생 말이다.

천국과 지옥

그런 관점에서 천국과 지옥을 생각해 본다. 천국과 지옥은 과연 있는 것일까. 물론 있다고 믿는다. 종교적 관념의 하늘나라에도 있고 무한 우주에도 있고 저마다의 마음속에도 있을 것이다. 좋은 이와 사랑으로 이어져 있으면 천국이요, 안 맞는 사람과 미움의 벽을 쌓고 있으면 지옥일 수 있다.

어쩌면 인간의 몸을 빌려 사는 이 한평생이 진짜 천국일지도 모른다. 광활한 대지에 서서 떠가는 뭉게구름을 바라보는 것, 높은 산 정상에 올라 푸른 하늘을 마주하는 것, 새소리, 바람 소리를 벗 삼아 산속 오솔길을 걷는 것, 초록 잎새 위로 떨어지는 빗방울을 보면서 베토벤 피아노협주곡 5번 2악장을 듣는 것 등등. 이 모든 순간이 천국이 아니고 무엇이겠는가.

천국은 죽어서 가는 곳이 아니라 인간으로 살아가는 바로 현재의 삶이라는 얘기다. 영혼의 세계야말로 인간의 삶과는 비교도 안 되는 지옥일 수도 있다. 인간이 누구나 본능적으로 죽기 싫어하는 것도 바로 그런 이유 때문이 아닐까. 죽기 싫어서가 아니라 지옥에 가기 싫어서.

한편으로 능력 있는 신이 있어 나더러 과거로 돌아가겠냐고 묻는다면 나는 "노 땡큐"다. 불가능한 일이기도 하거니와 자신이 없다. 20대, 30대로 다시 돌아가본들 지금까지보다 더 잘 살아낼 가능성이 별로 없을 것 같다. 기억을 갖고 돌아가면 모를까. 모든 경험을 리셋한 뒤 그 시절 그 청년으로 돌아가봤자 어리석음과 무지와 번뇌, 가슴앓이는 똑같이 되풀이될 것이기에. 그래서 생각했다. 흘러간 유행가 가사처럼, 나머지 인생 잘해봐야지.

새벽이 되기 직전 갑자기 그 께느른한 행복감을 뚫고 조르바가 꿈에 나타났다. 그가 무슨 말을 했던지, 왜 왔던지 기억나지 않는다. 그러나 깨었을 때 가슴이 터질 것 같았다. 까닭 모르게 눈물이 고였다. 어떤 저항할 수 없는 욕망이 나를 사로잡았다. 그와 더불어 크레타 해안에서 지냈던 생활을 다시 짜 맞추고 싶었다. 기억을 다그쳐, 조르바가 내 마음속에 흩뿌린 말, 절규, 몸짓, 눈물, 춤을 그러모으고 싶었다. 그것을 살려놓고 싶었다.

_니코스 카잔차키스, 『그리스인 조르바』 중에서

여행은 끝이 났는데 여전히 꿈을 꾼다. 조르바가 저만치 걸어 가며 동행하자고 손짓한다.
나의 여정은 아직 끝나지 않은 것인가.
나는 다시 삶이 그리는 아름다운 풍경 속으로 걸어 들어간다.

출처

열린책들
니코스 카잔차키스 저, 이윤기 역, 『그리스인 조르바』, 열린책들
니코스 카잔차키스 저, 안정효 역, 『영혼의 자서전』, 열린책들

책세상
알베르 까뮈 저, 김화영 역, 『결혼, 여름』, 책세상

조르바와 춤을